Une nu

SHARON KENDRICK

Une nuit avec un Grec

Traduction française de
ANNE-LAURE PRIEUR

AZUR

HARLEQUIN

Collection : Azur

Titre original :
SECRETS OF CINDERELLA'S AWAKENING

HARPERCOLLINS FRANCE
83-85, boulevard Vincent-Auriol, 75646 PARIS CEDEX 13
Service Lectrices — Tél. : 01 45 82 47 47 - www.harlequin.fr
ISBN 978-2-2804-6766-7 — ISSN 0993-4448

Composé et édité par HarperCollins France.
Imprimé en janvier 2022 par CPI Black Print (Barcelone)
en utilisant 100% d'électricité renouvelable.
Dépôt légal : février 2022.

FSC
www.fsc.org
MIXTE
Papier issu de sources responsables
FSC® C159065

Pour limiter l'empreinte environnementale de ses livres, HarperCollins France s'engage à n'utiliser que du papier fabriqué à partir de bois provenant de forêts gérées durablement et de manière responsable.

1.

Marnie hurla à pleins poumons. Mon Dieu ce que cela faisait mal ! C'était bien sa veine. Elle rampa hors de l'eau et s'affala sur le sable, frissonnante dans son minuscule bikini orange malgré le chaud soleil de fin d'après-midi. C'était officiel, le destin avait une dent contre elle. Il ne favorisait que les autres. Ceux qui avaient une maison, des parents, de quoi manger à leur faim… Mais elle ? Oh ! non !

Elle gémit, pétrifiée par une douleur semblant venir de partout à la fois. Quand avait-elle jamais eu de la chance dans la vie ? Sa sœur jumelle était actuellement en prison, comme prédit par toutes leurs familles d'accueil passées. Quant à elle, elle se retrouvait seule sur cette île grecque isolée, qui soudain n'avait plus rien de paradisiaque. Elle se dévissa le cou pour jeter un coup d'œil à son pied. Son talon était écarlate et parsemé de taches noires. Elle serra les dents, sans remarquer tout de suite l'ombre tombée sur elle.

— Que se passe-t-il ?

Une voix grave. Autoritaire. Marnie leva la tête et plissa les yeux. Un homme d'une carrure imposante bloquait le soleil. Des gouttes d'eau miroitaient tels des diamants sur son torse d'athlète. Il était essoufflé, comme s'il avait couru, une main encore sur la braguette d'un jean délavé qu'il venait certainement de renfiler à la va-vite. Une onde de feu traversa Marnie, sans rapport avec la douleur qui l'irradiait.

C'était lui. Le nageur qu'elle avait aperçu avant de… de

se faire piquer, présumait-elle. Comment ne pas le remarquer ? Non seulement il était la seule autre personne sur la plage, mais il avait fait une arrivée en fanfare sur sa vieille moto pétaradante. C'était surtout sa beauté ténébreuse, presque sauvage, qui avait capté son attention. Fascinée malgré elle, elle l'avait regardé enlever son jean et son T-shirt, puis plonger sous les vagues écumeuses et fendre l'eau avec aisance, quoique de façon plutôt mécanique, sans paraître y prendre le moindre plaisir.

— Vous allez bien ? s'enquit-il d'un ton inquiet. Je vous ai entendue crier.

Il ne souriait pas. Malgré sa sollicitude, son visage demeurait froid, dur comme l'acier. Seuls ses yeux brillaient tandis qu'ils se promenaient sur elle. Marnie regrettait déjà d'avoir enfilé ce stupide bikini. Un cadeau de ses collègues avant son départ en Grèce. Si l'élastique de son vieux maillot une pièce n'avait pas craqué au dernier moment, jamais il n'aurait atterri dans sa valise. C'est tout juste s'il y avait assez de tissu pour la couvrir ! Elle aurait aussi bien pu être nue sous le regard pénétrant de cet homme.

Marnie secoua la tête. Elle avait mal et de drôles de papillons voletaient dans son ventre. Une sensation inconnue qui n'était pas pour lui plaire, aussi se réfugia-t-elle dans le sarcasme.

— À votre avis ? Ai-je l'air d'aller bien ?

Surprise et irritation se succédèrent sur ses traits. Il ne devait pas être habitué à ce qu'une femme lui parle sur ce ton.

— Que vous est-il arrivé ?

— Je n'en sais rien, maugréa-t-elle. C'est mon pied…

— Laissez-moi regarder.

Elle faillit l'envoyer paître – son mécanisme de défense par défaut. Elle avait l'habitude de se débrouiller seule. Mais, d'autorité, il s'accroupit dans le sable et entreprit de palper son pied. Il fit courir son pouce sur son talon avec l'air de savoir ce qu'il faisait. Ce simple geste la liquéfia de l'intérieur. D'ordinaire, elle n'aimait pas être touchée, surtout par un homme. C'était cela d'avoir grandi sans parents. On se méfiait de tout contact physique au cas où cela cacherait quelque chose. Un réflexe qui lui avait épargné bien des complications dans la vie. Contrairement à ses amies, elle ne collectionnait pas les aventures d'un soir qu'elle regretterait ensuite. Elle n'avait jamais connu d'amour à sens unique, ni eu le cœur brisé par un homme. Elle redoutait l'intimité et n'était proche que de sa sœur.

Mais les gestes de cet étranger lui faisaient beaucoup d'effet. C'était si agréable qu'elle en oubliait tout le reste. Et d'où venait cette étrange… émotion ? Cela ne lui ressemblait pas. Elle avait appris à s'endurcir avec le temps. Plus on restait détaché, moins on souffrait.

— Ai-je été mordue par une espèce de serpent de mer venimeux ? demanda-t-elle.

Il leva la tête, et le bleu de ses yeux éclipsa le ciel derrière lui.

— Par un oursin. Leur morsure n'est pas à prendre à la légère, elle peut être dangereuse. J'ai de quoi vous soigner dans le coffre de ma moto. Je reviens.

Non, mais quel culot ! De quel droit la sermonnait-il comme une gamine ? Elle faillit lui dire que ce n'était pas la peine, puis se ravisa. Quel autre choix avait-elle ?

— D'accord. J'attends ici, ironisa-t-elle.

Leonidas pinça les lèvres et retourna à sa moto. Quelle femme exaspérante ! Il regrettait déjà de s'en être mêlé. Son emploi du temps chargé lui donnait rarement l'occasion de prendre son après-midi. En venant ici, il avait espéré profiter d'un paisible coucher de soleil avant le week-end trépidant qui l'attendait.

Cela lui faisait bizarre d'être en Grèce – comme chaque fois qu'il revenait. Il avait quitté le pays plus de quinze ans auparavant pour faire fortune en Europe et aux États-Unis. Depuis, ses visites avaient été sporadiques. Mais récemment une série d'entrevues avec son père avaient amorcé une réconciliation fragile après des années d'éloignement. Bientôt, il assisterait à son quatrième mariage en faisant mine de s'en réjouir, bien qu'il désapprouvât cette union. Mais son père ne rajeunissait pas. Qui sait combien de temps il lui restait ?

Leonidas chassa cette pensée et se concentra sur le week-end à venir. Un sourire joua sur ses lèvres. Il devait bien à son meilleur ami d'être présent à son anniversaire. Et puis, ce serait l'occasion de se détendre un peu. Enfin, s'il y arrivait. Se relaxer n'était pas son fort. L'adrénaline était comme une drogue pour lui. Il était plus à l'aise sur un projet qu'avec les gens. Rien ne pouvait le distraire de son but premier : consolider son statut d'homme d'affaires le plus prospère jamais issu de Grèce. C'était important pour lui. Son succès était sa fierté après son passé chaotique.

Il se renfrogna en approchant de sa moto. Secourir une demoiselle en détresse ne faisait pas partie de ses plans. Surtout une effrontée pareille. Mais il n'était pas totalement dépourvu de conscience, quoi qu'en disent certaines femmes intéressées ayant vainement tenté de lui passer la corde au cou. Il n'allait pas abandonner la jolie blonde blessée à son sort, aussi ingrate soit-elle.

Il fouilla dans le coffre jusqu'à mettre la main sur ce qu'il cherchait, puis retourna sur la plage. Il trouva la jeune femme allongée sur le sable, les yeux fermés. Sa poitrine se soulevait et s'abaissait rapidement au rythme de sa respiration saccadée. Des gouttes d'eau séchaient dans le creux de son ventre telles des perles de sel. Une étrange sensation s'empara de lui, violente et primitive. Il s'aperçut qu'il avait la bouche sèche en dépliant la pince de son vieux couteau suisse.

— Vous avez des piquants plantés dans le talon, déclara-t-il.

— Vous m'en direz tant.

Il serra la mâchoire. C'était quoi, son problème, à cette fille ?

— Il va falloir les extraire.

Elle rouvrit brusquement les yeux, qu'il remarqua alors pour la première fois. Des yeux méfiants, de la couleur d'un ciel hivernal sur les toits de Paris. *Magnifiques*, songea-t-il, de nouveau traversé par la même sensation.

— Ça va faire mal ?

— Oui, mais c'est la seule solution. Soyez forte.

— Comme toujours, répliqua-t-elle, le menton levé.

Il sourit en son for intérieur. Quelle susceptibilité ! Mais elle avait beau jouer les indifférentes, ses tétons pointant sous son haut de bikini racontaient une autre histoire.

— Comment vous appelez-vous ?

— Marnie. Marnie Porter.

— Très bien, Marnie. Fermez les yeux et essayez de vous détendre.

— Me *détendre* ? s'exclama-t-elle. C'est une blague ? Vous avez idée d'à quel point ça fait mal ?

— La même chose m'est arrivée il y a quelques années. Je serai aussi délicat que possible.

— Je… Aïe !

Elle eut le temps de le fusiller du regard, avant de battre furieusement des cils. On eût dit deux papillons affolés.

— Si c'est ça que vous appelez être délicat, qu'est-ce que ça donne quand vous ne l'êtes pas ?

— Impossible de rendre l'opération indolore, j'en ai peur.

Elle plissa des yeux soupçonneux.

— Qu'en savez-vous ? Vous êtes médecin ?

Lui, médecin ? Cette ignorance lui plut. C'était rare qu'il rencontre quelqu'un sans la moindre idée de qui il était – lui, un Kanonidou. Il avait beau être parti depuis des années, le poids de son nom pesait toujours sur ses épaules, surtout quand il revenait en Grèce. Mais qu'en saurait-elle ? À son accent, il devinait qu'elle était britannique. Une touriste parmi ces milliers d'autres visitant le pays chaque année pour n'en rapporter chez eux que le souvenir de sa beauté. Que savait-elle des intrigues au sein de la société grecque ? Ou de la vie moins lisse qu'il n'y paraissait de certains de ses plus célèbres milliardaires ?

— Pas vraiment, répondit-il. Ai-je l'air d'un médecin ?

— Non. Plutôt d'un surfeur de pacotille.

Leonidas ne put réprimer un sourire. À quand remontait la dernière fois qu'une femme avait réussi un tel exploit ?

— Je vous fais mal ?

— Un peu. Mais c'est supportable.

À d'autres. Elle se mordait la lèvre en disant cela et serrait les poings si fort que leurs jointures avaient blanchi. Leonidas s'arrangea pour retirer les derniers piquants le plus rapidement possible.

— C'est fini. Vous pouvez ouvrir les yeux.

Sous son regard d'étain, une flèche de désir le transperça. Les battements de son cœur s'accélérèrent. Il avait très envie de l'embrasser, tout à coup. De la posséder là, à même le sable.

Tout en examinant son pied, il en profita pour l'étudier objectivement. D'accord, elle était très jolie avec ses longs cheveux blond cendré et ses courbes à se damner. Son bikini, bien que de mauvais goût, mettait indéniablement ses atouts en avant. Les femmes qu'il côtoyait au quotidien ne s'affichaient qu'en tenues de créateur. Rien qui ait l'air de sortir d'un étal de foire. Cela le changeait. Elle ne portait aucun bijou non plus, nota-t-il. Ni or, ni diamants ostentatoires.

— Ça alors, vous avez réussi à tout enlever ? Merci beaucoup !

— Pas de quoi. Mais surveillez la blessure et nettoyez-la régulièrement. Où sont vos chaussures ?

— Là-bas, dit-elle en désignant un petit tas de vêtements protégé par un rocher.

— Je vais vous les chercher.

— Inutile, je…

— J'y vais.

Son ton était sans réplique. *Un homme qui a l'habitude d'être obéi*, songea Marnie. Elle n'était pas du genre à se laisser mener à la baguette. Mais quelle raison avait-elle de s'opposer à un simple geste de galanterie ? Il s'était montré prévenant envers elle. Une qualité séduisante, quand on n'y était pas habitué.

Elle le regarda s'éloigner vers ses affaires. Elle aurait pu le regarder toute la journée. Il était vraiment à tomber, grand et tout en muscles saillants. Son jean épousait ses cuisses sculptées, ses hanches étroites, l'arrondi ferme de son fessier… À quoi pouvait-il bien ressembler nu ? Ses joues s'embrasèrent. Non, mais à quoi pensait-elle ? Elle n'avait jamais vu d'homme nu de sa vie. Excepté ces statues de marbre dans les musées où un couple de parents d'accueil ambitieux les avaient traînées, elle et sa sœur, avant de les juger hermétiques à la culture et les renvoyer au foyer.

Marnie chassa ce souvenir pénible pour se concentrer sur son bon samaritain. Ses cheveux noirs encore humides partaient dans tous les sens. Les mèches folles dans son cou lui donnaient envie d'y passer la main pour y remettre de l'ordre. *Et plus si affinités*. Ses seins la picotaient, tout à coup. Et cette brusque tension entre ses reins…

Non, elle ne pouvait y croire. Du désir ? Était-ce cela qu'elle ressentait ? Impossible. Les hommes l'avaient toujours laissée de marbre, même les plus séduisants. Coiffeuse dans un salon de standing unisexe, elle en voyait défiler tous les jours, mais ils lui faisaient autant d'effet qu'une tapisserie. Elle se méfiait de la beauté. À vrai dire, elle n'avait confiance en personne. Cela s'était trop souvent retourné contre elle par le passé.

Son bienfaiteur se pencha pour ramasser ses vêtements. En se relevant, il la surprit en train de le fixer. *Zut.* Cela lui apprendrait à rêvasser ! Mais quelque chose passa entre eux. Une sensation indéfinissable, une caresse de velours sur sa peau. Un peu comme si… elle l'avait reconnu. Comme si lui seul était capable de la comprendre, bien qu'ils ne se connaissent pas. Elle secoua la tête. Le soleil devait taper plus fort qu'elle ne l'avait cru. Elle lisait trop de romans d'amour avec leurs histoires de coups de foudre improbables. À moins que le stress de ces dernières semaines ne l'ait finalement rattrapée ?

Ce n'est que le début, se rappela-t-elle dans un soupir.

Elle tenta de se relever, mais chancela. Dans la seconde, l'inconnu était à ses côtés.

— Doucement, murmura-t-il.

Cette main qui avait massé sa morsure avec un tel savoir-faire s'enroula autour de son coude. Marnie savoura fugacement le contact avant de s'obliger à se dégager.

— Je vais bien, dit-elle avec raideur.

Elle remit sa robe, puis glissa avec précaution son pied blessé dans sa sandale et enfila la seconde. En se redressant, elle secoua ses cheveux qui retombèrent en cascade dans son dos.

— Bien, je ferais mieux d'y aller. Merci encore de m'avoir aidée. Je vous en suis infiniment reconnaissante.

Leonidas hésita à la laisser partir. Elle avait trouvé seule son chemin jusqu'ici. Elle saurait sûrement retourner d'où elle venait. Il songea au très chic hôtel Paradeisos auquel appartenait cette plage privée, avec son portail doté d'un digicode. S'y était-elle introduite illégalement ? C'était probable. Peut-être devrait-il la raccompagner. Il aurait la conscience plus tranquille.

Ses cheveux, à présent quasi secs, n'étaient pas blond cendré ainsi qu'il l'avait cru, mais d'un blond très pâle, presque argenté, évoquant le clair de lune. Son sang pulsait violemment dans ses veines. Jamais il ne s'était senti aussi… vivant. Lorsqu'il parla, sa voix était inégale, comme celle d'un adolescent devant son premier béguin :

— Je peux vous raccompagner, si vous voulez. Ou vous emmener faire le tour de l'île. L'avez-vous déjà visitée ?

Elle haussa les épaules.

— Pas vraiment. J'ai des horaires contraignants et travaille souvent sur mes jours de congé pour…

— Pour ?

— Aucune importance, coupa-t-elle. J'ai fait une visite guidée de l'île en bus à mon arrivée. Mais le guide semblait surtout chercher à nous faire acheter des vases et autres souvenirs en toc.

— Ah, je connais ces fameux vases…

— Ils sont hideux.

— En effet, convint Leonidas. Mais cette île a ses trésors secrets, inconnus des touristes. Que diriez-vous de visiter des villages pittoresques et admirer le coucher du soleil au rocher de Dhasos ? Puis nous pourrions aller manger quelque part.

Les yeux de la jeune femme se voilèrent de suspicion. Une réaction inédite pour lui.

— Êtes-vous en train de m'inviter à dîner ?

— Pourquoi pas ?

— Eh bien, pour commencer, je ne connais même pas votre nom.

Leonidas se raidit. C'était le moment qu'il redoutait.

— Leonidas, dit-il. Leonidas Kanonidou.

Il la dévisagea en quête d'une réaction, d'un signe de reconnaissance. Quand rien ne vint, il se relaxa.

— La plupart des gens m'appellent Leo.

— Comme le lion grec, observa-t-elle.

— Bien vu. Parlez-vous la langue ?

— Moi ? Il me faudrait des années pour l'apprendre.

Il était tout disposé à lui donner des cours particuliers…

— Maintenant que vous savez qui je suis, acceptez-vous mon invitation ?

Elle ne répondit pas tout de suite. Cette hésitation aiguisa son intérêt. Les femmes se battaient pour ses faveurs. Il était trop habitué à ce qu'on l'aborde, plus ou moins subtilement, et s'aplatisse devant lui. Il avait la réputation d'être l'un des meilleurs partis au monde, raison pour laquelle il se faisait discret ces derniers temps. Séduire n'avait plus rien d'excitant lorsqu'on n'avait qu'à claquer des doigts.

Personne ne le faisait jamais attendre. Hommes et femmes se pliaient en quatre pour le satisfaire, comme si sa gratitude allait d'une certaine façon améliorer leurs vies. S'attendaient-ils à ce qu'il les récompense en leur donnant du travail ou en leur passant la bague au doigt ? On riait à ses plaisanteries même quand elles n'étaient pas drôles. Il se demandait parfois à quoi ressemblait la vie des non-milliardaires. Étaient-ils jugés sur leurs mérites plutôt que sur l'épaisseur de leur portefeuille ? Cette Anglaise allait-elle rester dans les annales comme la seule femme à l'avoir jamais éconduit ?

Mais elle n'en fit rien.

Évidemment.

— D'accord, dit-elle enfin. Pourquoi pas ?

Peut-être sa réticence était-elle calculée. Mais Leo s'en moquait. Cette femme au caractère bien trempé l'intriguait. Elle leva les bras pour s'attacher les cheveux et le geste attira son regard vers ses seins, dont les tétons pointaient visiblement sous sa robe en coton. L'avait-elle fait exprès ? Avait-elle la moindre idée de l'emprise qu'elle avait sur lui en cet instant ? Une vague de désir le submergea. C'était insensé ! Totalement insensé !

Il songea au week-end chargé qui l'attendait. La crème de la crème de la haute société grecque serait présente. Son emploi du temps ne lui laissait aucun créneau pour une nouvelle conquête. Du reste, ce ne serait pas les candidates qui manqueraient sur place, plus adéquates que cette blonde volcanique aux yeux d'étain. L'inviter à dîner n'était peut-être pas une si bonne idée, tout compte fait...

Mais le bon sens ne faisait pas le poids face à cette trépidation dans ses veines. À quand remontait la dernière fois qu'un rendez-vous l'avait autant excité ? Il entraîna la jeune femme vers sa moto, où il avait laissé son T-shirt. Sitôt rhabillé, il se tourna vers elle :

— Allons-y, lança-t-il en lui tendant un casque.

2.

— Alors ? Ça vous plaît ?

Marnie sentit ses joues s'échauffer. La voix veloutée de Leo avait vraiment le don de la troubler ! Croisant les doigts pour qu'il n'ait rien remarqué, elle balaya des yeux le restaurant.

Le cadre était idyllique, digne d'une comédie romantique. Seules quelques tables occupaient le promontoire rocheux surplombant la mer, où sombrait peu à peu le soleil dans un embrasement général. Au pied de la falaise s'étendait une plage de sable fin, baignée d'une chaude lumière dorée en cette fin d'après-midi. Bien que désert à cette heure, le restaurant n'avait déjà plus aucune disponibilité. Le propriétaire les avait toisés d'un œil réprobateur en les voyant débarquer en tenues décontractées, échevelés après leur virée à moto. Elle avait bien cru qu'il allait les mettre à la porte. Leo lui avait alors parlé en grec, et Marnie avait assisté à une métamorphose spectaculaire. L'homme avait eu un temps d'arrêt, puis avait acquiescé et retiré précipitamment un panneau « Réservé » avant de les conduire à la table offrant la plus belle vue.

Marnie devinait pourquoi. Son compagnon était si charismatique qu'il était impossible de lui refuser quoi que ce soit. Elle se sentait détendue ici, avec lui. L'endroit n'avait rien de l'opulence tape-à-l'œil du Paradeisos où elle travaillait, qui la mettait parfois mal à l'aise. Sauter à l'arrière d'une moto avec un parfait inconnu n'était pourtant pas son genre. Elle n'agissait jamais sans réfléchir et restait sur ses gardes avec les hommes. Tout l'inverse de sa sœur jumelle. Mais personne n'avait jamais mis ses sens en émoi comme Leo… Cette raison suffisait-elle à expliquer son impulsivité ?

Un sourire narquois étira ses lèvres, comme s'il lisait dans ses pensées. Au lieu de se vexer, elle lui rendit son sourire. Ce petit jeu était addictif. Elle avait l'impression d'être quelqu'un d'autre. Une de ces femmes riches et sûres d'elles qui fréquentaient le salon et semblaient avoir le monde à leurs pieds. La sensation n'était pas désagréable. Pour la première fois depuis son arrivée sur l'île de Paramenios, elle se sentait en vacances.

Leo lui avait fait traverser de charmants petits villages dignes de cartes postales avec leurs maisons blanches aux portes bleues encadrées de bougainvilliers en fleur. Elle s'était extasiée devant des eaux turquoise frangées de verdure, au-delà desquelles se découpait le relief de montagnes distantes. Ils avaient dépassé des étals de pêches appétissantes et des ribambelles de poulpes séchant au soleil sur des cordes à linge. Mais rien de tout cela n'avait pu lui faire oublier le large dos contre lequel elle s'appuyait, accrochée à sa taille, ni les abdominaux d'acier sous ses bras. Étrange, elle n'était pourtant pas du tout tactile. C'est tout juste si elle ne bondissait pas quand on la touchait ! Peut-être parce qu'elle n'avait jamais rencontré d'homme qu'elle trouve irrésistible avant…

Avant Leo Kanonidou.

Elle but une gorgée de son délicieux cocktail, à base d'amandes et de cannelle, lui avait-il appris. Pour la première fois depuis longtemps, elle se sentait bien dans sa peau. Puis elle se rappela Pansy, seule et terrifiée au fond de sa cellule en Angleterre, et elle eut mauvaise conscience.

Leo la dévisageait, dans l'attente de son verdict. Marnie revint tant bien que mal au présent.

— C'est le plus beau restaurant que j'ai jamais vu, dit-elle.

— Assez pour compenser cette horrible visite guidée en bus ?

— Aucun vase moche en vue. C'est bien parti.

Il sourit et fit signe au serveur. Mais c'est le propriétaire en personne qui s'avança vers leur table. Leo s'adressa à lui en grec.

— J'ai commandé du poisson, annonça-t-il une fois l'homme parti. J'espère que vous aimez. C'est tout ce qu'il y a sur la carte.

Marnie hésita. Il avait pris toutes les décisions jusque-là. C'était relaxant de se laisser porter, mais peut-être était-il tant de s'affirmer un peu.

— Et si je vous disais que je déteste le poisson ?

— Alors c'est que vous n'avez jamais goûté de poisson fraîchement pêché et cuit au feu de bois, aromatisé d'herbes des montagnes afin que la chair fonde sur la langue.

Sa voix s'était faite caressante. Marnie avait conscience de ses cheveux pesant douloureusement sur ses mamelons durcis. Pansy s'évanouit de son esprit. Plus rien n'existait que Leo et la façon dont il la regardait. Ce qu'il lui faisait ressentir.

— Avec vous, tout devient si…

— Si quoi ?

Son regard bleu azur se ficha dans son cœur telle une épée. « Romantique » était le mot qui lui venait aux lèvres. Mais romance rimait avec douceur, et il n'y avait rien de doux chez cet homme. Il émanait de lui une aura de dureté et d'invulnérabilité. De danger aussi. Quelque chose qui l'attirait tout en l'incitant à la prudence. Ne mourait-elle pas d'envie qu'il l'embrasse sans s'expliquer pourquoi ? Elle ne savait rien de lui !

Elle sourit au propriétaire comme il déposait sur leur table un appétissant plat de poisson fumant accompagné de deux bols de salade grecque.

— Parlez-moi de vous, lança-t-elle, soucieuse de changer de sujet.

Si son expérience de coiffeuse lui avait appris quelque chose, c'était que les gens adoraient parler d'eux.

Il secoua à la tête.

— Oh ! je parie que vous êtes mille fois plus intéressante. Qu'est-ce qui vous amène sur cette île, Marnie Porter ?

Marnie demeura impassible malgré un brusque accès de nervosité. Une technique peaufinée par des années d'entraînement à tromper des assistantes sociales cherchant à deviner sur son visage ce qu'elle pensait. Mais elle n'avait pas envie d'évoquer le passé. Ni l'avenir d'ailleurs, tout aussi angoissant avec les possibles épreuves qui l'attendaient. Seul comptait le présent, ici, avec Leo.

— Que voulez-vous savoir au juste ? répliqua-t-elle.

— Êtes-vous anglaise ?

— Oui, de Londres. D'Acton, plus exactement.

— Je connais bien Londres, mais je n'ai jamais entendu parler d'Acton.

— Ce n'est pas un quartier très prisé, expliqua-t-elle. Sa principale attraction est le musée du Transport, très populaire auprès des écoliers.

Il laissa le serveur leur couper à chacun un généreux morceau de poisson avant d'arquer un sourcil :

— Est-ce votre premier séjour en Grèce ?

— Oui.

— Où logez-vous ?

— Peut-être là où vous m'avez trouvée ? Au Paradeisos, répondit-elle innocemment. N'ai-je pas le profil de leur clientèle ?

Il y eut une pause.

— Pour être honnête, non.

Marnie serra les dents. *C'est reparti.* Elle connaissait la chanson. Toute sa vie, elle avait été considérée comme un rebut, condamnée à porter les vieilles affaires des autres, dans des familles qui ne voulaient pas vraiment d'elle et de sa sœur.

— Trop vulgaire, sans doute ? grinça-t-elle, sur la défensive.

— Non. Je dirais plutôt… trop normale.

Elle, normale ? Marnie ravala un rire jaune. Une éternelle étrangère, oui. Une marginale, parfois. Mais certainement pas quelqu'un qui se fondait parmi les gens ordinaires.

— Je loge bien au Paradeisos, si vous voulez tout savoir.

Elle jubila devant son air surpris, avant d'opter pour la vérité. Elle lui devait bien cela.

— Je travaille là-bas. Au spa.

— Vous êtes employée au Paradeisos ?

— Oui. Je suis coiffeuse, manucure et conseillère beauté. Je m'occupe aussi de tout ce qui est épilation. Pas franchement une sinécure…

Elle fit la grimace.

— Oups. J'en ai trop dit, je crois.

Leo ressentit une étrange exaltation. Était-ce son côté pince-sans-rire qui le captivait ou sa franchise rafraîchissante ? Elle était très différente des personnes avec qui il dînait généralement. Des banquiers et des P-DG influents. Des mannequins vedettes et des actrices étalant fièrement leurs récompenses. Que des gens ennuyeux à mourir. La tension dans son aine s'accentua. Elle n'était pourtant pas son genre. Blonde, la mâchoire trop volontaire, les lèvres pas assez pulpeuses. Mais ses yeux… Oui, elle avait des yeux saisissants, il devait lui reconnaître cela. Jolie, mais d'une beauté non conventionnelle. Tout en elle l'éloignait de sa zone de confort. Peut-être était-ce cela qui faisait son attrait.

— Une coiffeuse, dites-vous ?

Elle pinça les lèvres, avec l'air de le prendre comme une critique.

— Une coiffeuse hors pair, précisa-t-elle. C'est ce qui m'a valu d'être engagée dans un hôtel aussi prestigieux que le Paradeisos.

— Je n'en doute pas.

— D'ailleurs, vos cheveux sont un peu longs et vos pointes auraient besoin d'un soin. Je peux m'en occuper, si vous voulez. Pour vous remercier de m'avoir aidée sur la plage.

Leo réprima un sourire. Il se demanda comment réagiraient ses coiffeurs renommés à Londres, Paris et New York en apprenant que ses cheveux n'étaient pas correctement entretenus.

— Je pourrais vous prendre au mot. En attendant, que diriez-vous d'attaquer ? Le chef étoilé risque de se demander pourquoi nous ne mangeons pas.

Elle battit des cils, comme si elle avait momentanément oublié où ils étaient.

— Excellente idée.

Mais il nota qu'elle mangeait du bout des lèvres, de façon presque mécanique. Lui non plus n'avait guère d'appétit. En tout cas, pas pour leur plat. C'était *elle* qu'il avait envie de goûter. Lentement, il ferait courir sa langue sur son corps de déesse, humerait l'odeur de sa peau, savourerait son essence…

Sauf qu'il ne se laissait jamais aller à des aventures d'un soir avec des inconnues. Trop vulgaire. C'était bon pour ces hommes gouvernés leurs instincts primaires. Mais peut-être était-ce présomptueux de sa part de compter sur son intellect pour toujours contrôler les siens. Ne se consumait-il pas de désir depuis la seconde où elle était montée derrière lui sur sa moto ? N'avait-il pas dû faire appel à tout son sang-froid, d'ordinaire infaillible, pour se concentrer sur la route plutôt que sur les exigences de sa libido ?

— À votre tour, maintenant.

Ses mots l'arrachèrent à son fantasme.

— Mon tour ?

— Je ne sais rien de vous, à part que vous avez été nommé d'après un lion et que vous maniez très bien la pince.

Il s'esclaffa. Sa langue bien pendue la rendait curieusement séduisante. Elle était vive et le traitait avec une impertinence qui n'était pas pour lui déplaire. Resterait-elle la même lorsqu'elle connaîtrait son identité ? Il en doutait. Raison de plus pour ne rien lui dire.

— Je suis grec, commença-t-il.

— De toute évidence.

— Je ne suis à Paramenios que pour le week-end. Mon travail me laisse peu de temps libre.

Elle mordit dans une tranche de tomate, et il lutta contre l'impulsion de lécher le jus resté sur sa lèvre.

— Que faites-vous dans la vie ?

La question qu'il redoutait. S'il lui disait la vérité, cela changerait tout. Comme toujours. Les femmes le regardaient différemment en apprenant qu'il était milliardaire. Elles le lui avaient prouvé à maintes reprises. C'était en partie ce qui l'avait rendu aussi cynique.

— Je… travaille dans le bâtiment, lança-t-il.

— Je le savais !

— Vraiment ?

Elle sourit en repoussant son assiette à peine touchée.

— Oui, je vous vois bien maniant le marteau-piqueur sur un chantier. Vous avez la carrure pour.

Sans s'expliquer pourquoi, Leo trouva la remarque insultante. Insinuait-elle qu'il avait tout dans les muscles et rien dans le cerveau ? Lui qui avait été admis à la prestigieuse université de Stanford à un âge précoce, mais avait préféré se frotter au monde réel et faire fortune dans les affaires ? Il faillit lui raconter tout cela, puis se ravisa. Qu'est-ce qui lui prenait ? Ce n'était pas un concours. Il n'avait rien à prouver. Il savait exactement pourquoi il était là. Et, à en juger par la tension sexuelle dans l'air, elle aussi.

— Avez-vous terminé ? demanda-t-il.

— Oui. Je ne veux pas offenser le chef, mais je n'ai pas faim.

— Moi non plus.

— Ce doit être la chaleur…

— Sûrement.

S'ensuivit un silence chargé d'électricité.

— Ne vous inquiétez pas pour le chef, murmura-t-il. Un pourboire généreux fera l'affaire.

— Oh… Oui, bien sûr. Je suis prête à partager l'addition. Laissez-moi juste le temps de mettre la main sur mon portefeuille…

Sans cérémonie, elle posa son sac de plage sur la table et se mit à fouiller dedans. Encore une expérience inédite pour Leo. Aucune femme n'avait jamais offert de payer sa part. D'abord, il décida de la laisser faire. La nouveauté était distrayante. Puis il changea d'avis en se rappelant les prix pratiqués dans ce restaurant faussement rustique.

— Inutile. Je m'en charge.

— Mais…

— J'ai dit que je m'en chargeais. Voulez-vous consulter la carte des desserts avant que je ne demande l'addition ? Ou préférez-vous une promenade sur la plage aux dernières lueurs du soleil couchant ?

L'invitation flotta dans l'air. Marnie était tentée. Avant qu'il ne le lui propose, elle n'avait pas réalisé à quel point elle mourait d'envie de se retrouver seule avec lui, loin des regards intrusifs des serveurs. Ces derniers n'avaient cessé de tourner autour de leur table toute la soirée, sans raison apparente. Comme si leur aide était requise pour manger une salade !

Mais elle n'était pas stupide. Elle savait comment le

monde fonctionnait. Si quelqu'un connaissait le pouvoir néfaste du sexe sans la moindre expérience en la matière, c'était bien elle. Elle avait grandi dans la crainte des relations charnelles et des ennuis qu'elles causaient aux femmes. C'est pourquoi elle n'avait guère été affectée quand certains hommes l'avaient accusée d'être frigide face à son absence de réaction à leurs baisers. Des baisers insipides qui lui avaient fait l'effet de guets-apens. C'était différent avec Leo. La pensée de ses lèvres sur les siennes la plongeait dans un délicieux tourbillon d'anticipation.

Elle lui plaisait, il ne s'en cachait pas. Jusqu'où cela les mènerait-il ? Peut-être devrait-elle commencer à s'inquiéter. Lui donner son numéro s'il voulait la revoir et l'inviter à un autre rendez-vous. C'était ainsi que les choses étaient censées se passer, non ?

Mais Marnie savait mieux que quiconque combien les bons moments pouvaient être fugaces. Son instinct lui soufflait que si elle laissait filer sa chance, celle-ci ne se présenterait pas une seconde fois. Pourquoi refuser une promenade en compagnie d'un homme beau comme un dieu, clairement attiré par elle ? Un peu étourdie, elle acquiesça et se leva de table. Elle s'apprêtait à enfreindre l'une de ses règles les plus fondamentales, et pas qu'un peu !

— Cela me plairait beaucoup.

Ses doigts serrèrent l'anse de son sac.

— Juste le temps d'aller me rafraîchir, et je suis à vous.

Seigneur, qu'avait-elle dit ? Ses mots étaient maladroits et ouverts à interprétation. Mais, au fond, quelle importance ? Ils savaient tous les deux ce qui était au menu ce soir. Rien qu'un chef, même étoilé, n'ait à leur offrir.

3.

Ses lèvres étaient étonnamment douces. Marnie s'était attendue à plus de fermeté, à l'image du reste de son corps. Mais que savait-elle de Leo Kanonidou, sinon que lorsqu'il l'enlaça, ce fut comme si elle n'était née que pour ce moment ?

Après avoir quitté le restaurant, ils étaient allés se promener sur la plage. La douleur dans son talon s'était atténuée à mesure que la mer engloutissait les derniers rayons du soleil. Leurs bras se frôlaient de temps en temps tandis qu'ils évoquaient les splendides couleurs du ciel et le murmure apaisant des vagues. Mais cette conversation avait eu quelque chose de guindé, de pas du tout naturel. Le doute s'était insinué en elle. Avait-elle mal interprété la situation ? Son attirance pour lui était-elle à sens unique ?

Tout ce qu'elle attendait était qu'il prenne l'initiative. Au lieu de quoi, ils avaient continué à marcher jusqu'à ce que les premières étoiles trouent le ciel sans lune, avant de rebrousser chemin vers sa moto. Plus il gardait ses distances, plus elle avait envie de lui. Alors que les lumières du restaurant réapparaissaient au loin, une profonde déception l'avait envahie. Tout cela pour cela ? Sa volonté de lâcher prise pour la première fois de sa vie tombait à l'eau parce que son compagnon ne s'intéressait pas elle ? Peut-être avait-il vraiment juste voulu lui faire découvrir les trésors cachés de Paramenios…

Puis soudain, comme s'il avait lu dans ses pensées, il

l'avait saisie par la taille et tournée vers lui. Ce simple geste l'avait électrisée. Il l'avait dévisagée un long moment, avant de pencher la tête pour l'embrasser.

Et le temps s'était arrêté.

Marnie vacillait sur ses jambes. Comment un banal baiser pouvait-il lui faire autant d'effet ? D'abord, ce ne fut qu'un contact infime, un effleurement sensuel des lèvres. Ne comprenait-il pas à quel point c'était frustrant ? Puis tout changea et la pression s'accentua. Sa bouche se fit plus avide, leur baiser plus profond. Elle se sentait comme une princesse réveillée d'un long sommeil par son prince charmant.

Tout en l'embrassant, il se mit à lui caresser un sein. Son téton se hérissa sous le grisant mouvement circulaire de son pouce. Une moiteur tiède se répandit dans son bas de bikini. Elle brûlait qu'il la touche là aussi, réalisa-t-elle. Leo éveillait en elle des désirs inconnus. Mue par un instinct qu'elle ignorait posséder, elle ondula des hanches contre lui. Il murmura quelque chose en grec, d'une voix enrouée et pressante.

Marnie recula la tête. Dans la pénombre, tout ce qu'elle distinguait était l'éclat de braise de ses yeux.

— Que… Que venez-vous de dire ?

— Que tout mon corps se consume pour toi, *agape mou*. Mais tu le sais déjà.

Oui, elle savait qu'il la désirait. Mais personne ne lui avait jamais dit que son corps se consumait pour elle. Elle avait beau être flattée, l'expérience lui soufflait de se méfier. Un compliment cachait toujours quelque chose. D'un autre côté… Pourquoi l'avoir suivi jusque-là si c'était pour laisser ses doutes habituels tout gâcher ? Ne pouvait-elle remiser dans un coin ses soucis qui lui pesaient depuis tant d'années, juste pour quelques heures ? Ce soir, elle avait envie de s'amuser un peu. D'être une autre Marnie que la Marnie responsable, toujours à prendre soin des autres et anticiper les coups durs certains de lui tomber dessus. N'était-il pas temps de faire passer ses propres désirs avant le reste, pour changer ?

Elle s'éclaircit la gorge.

— Si tu parlais en anglais, je comprendrais mieux…

— Parce que tu as envie de parler ? repartit-il d'un air amusé. Est-ce ça qui t'excite ?

Marnie ignorait ce qui l'excitait. Elle ne s'était jamais donné une chance de le découvrir. Non qu'il eût besoin de le savoir.

— C'est toi qui m'excites, lança-t-elle dans un accès d'audace.

Une flamme s'alluma dans les yeux de Leo.

— Vraiment ? Et que comptes-tu faire pour y remédier ?

Elle n'osa pas répondre de peur de trahir son inexpérience. Son motard sexy embrassait comme quelqu'un qui n'en était pas à son coup d'essai. Pas question de le faire fuir, aussi opta-t-elle pour un entre-deux qui l'avait démangée toute la soirée. Elle lui toucha le visage du bout des doigts afin d'en graver chaque détail dans sa mémoire.

Il prit une brusque inspiration. Cela voulait-il dire qu'il aimait cela ? Il fallait croire que oui, car il l'enlaça plus étroitement. Ses larges mains s'étalèrent sur ses fesses pour la plaquer contre le relief dur tendant son jean.

— Sens-tu comme j'ai envie de toi ? susurra-t-il.

Cette démonstration de virilité aurait dû l'intimider, mais non. Tout lui semblait si naturel… Comme si c'était écrit. Comme si toute sa vie jusque-là n'avait servi qu'à l'amener à cet instant.

— Oui, souffla-t-elle.

Les doigts de Leo s'égarèrent vers l'ourlet de sa robe.

— Je veux te voir nue, Marnie.

Elle ferma les yeux, chavirée par le désir sans fard dans sa voix. Un désir qui faisait écho au sien et reléguait son manque d'expérience au second plan. La nuit sans lune contribuait à l'enhardir. Dans l'obscurité, il ne distinguerait rien en détail.

— Qu'est-ce qui t'en empêche ? le défia-t-elle.

— *Meta haras.*

Ces mots inconnus avaient la douceur du miel. D'un geste fluide, il tira sa robe par-dessus sa tête et la jeta sur le sable, puis dégrafa d'une seule main son haut de bikini. Ses seins jaillirent à l'air libre. Marnie avait souvent honte de sa poitrine qu'elle jugeait trop plantureuse. Mais le murmure appréciateur de Leo balaya à jamais ses complexes.

— À mon tour, dit-il en retirant son T-shirt, qui suivit le même chemin que sa robe.

Torse nu, il l'attira à lui. Ce premier contact peau contre peau lui arracha une plainte, aussitôt aspirée dans un baiser langoureux. Les mains dans ses cheveux, il l'embrassait encore et encore. Marnie fondait entre ses bras, plus malléable qu'une poupée de chiffon. Quand ses doigts se faufilèrent entre ses jambes pour écarter son bas de bikini, elle retint son souffle. Et s'il en restait là ? Mais il continua son exploration intime et un gémissement lui échappa.

Peut-être était-ce le choc de la découverte qui la rendait si réactive. Ou les mots qu'il lui murmurait, certains en anglais, d'autres en grec. Peu importait la langue. Seules comptaient les sensations qu'il lui prodiguait. L'exquise sensibilité de ses seins. Cette pulsation fébrile au cœur de sa féminité. Son cœur battait la chamade tandis qu'elle avançait vers une destination inconnue. Le plaisir en elle allait crescendo. Elle ne tiendrait plus très longtemps…

Ses cris d'extase se noyèrent sur les lèvres de Leo comme elle convulsait autour de ses doigts. Elle aurait voulu que cela ne s'arrête jamais. Peu à peu, son orgasme s'estompa et elle s'avachit contre Leo, vaguement consciente que ce dernier la soutenait tout en étalant son T-shirt sur le sable. Avec précaution, il l'allongea dessus, une main sur le bouton de son jean. C'est là que la réalité la rattrapa.

Allait-elle vraiment coucher avec un homme qu'elle venait à peine de rencontrer ? Tout ce qu'elle avait redouté toute sa vie, tout ce qu'elle s'était promis d'éviter, était sur le point d'arriver. Elle commettait une terrible erreur, elle le savait…

La voix de sa conscience s'évanouit à la seconde où Leo enleva son jean. Il ne portait rien en dessous. Un détail qu'elle trouva follement érotique. Plus que le préservatif dans sa poche arrière. En avait-il toujours sur lui ? Cela faisait-il d'elle sa dernière conquête en date à épingler à son tableau de chasse fourni ? Mais, s'il y avait bien une chose sur laquelle elle s'était trompée, c'était la complicité de l'obscurité. Même sans lune, le ciel à Paramenios était incroyablement clair et ses millions d'étoiles suffisaient à éclairer le corps divin de Leo. Le regard de Marnie descendit le long de son large torse parsemé d'un duvet viril, vers ses hanches étroites et ses cuisses bien définies.

Elle déglutit. Nu, Leo Kanonidou était encore plus époustouflant. Même son membre fièrement dressé ne réussit pas à l'intimider, et elle ouvrit grand les bras. Leurs deux corps s'enchâssaient à la perfection, comme s'ils avaient été conçus dans cette intention. Était-ce toujours ainsi ? Aussi… *facile* ? La bouche de Leo errait partout sur sa peau. Puis sa langue s'en mêla, taquinant ses tétons avec gourmandise, glissant sur son ventre pour se perdre dans le creux de ses cuisses. Ses doigts l'y rejoignirent et réitérèrent leurs caresses expertes. Marnie dérivait dans un océan de plaisir. Devait-elle lui rendre la pareille ? Participer en le touchant aussi ? Mais ses gestes maladroits trahiraient la novice qu'elle était. Alors qu'elle approchait timidement une main de son érection, il reprit sa bouche et toute pensée rationnelle la déserta.

— Tu as un goût de sel, murmura-t-il contre ses lèvres.

— Toi aussi.

Ce bref échange était presque aussi intime que tout ce

qu'ils avaient partagé jusque-là et lui redonna confiance. Quand Leo s'empara du préservatif sur le sable, elle frémissait d'anticipation, sa nervosité oubliée. Elle le regarda dérouler la protection sur son sexe palpitant, la complicité du moment renforcée par son sourire.

— Où en étais-je ?

Là, dans ses bras à la caresser. Marnie aussi le caressait et chacun de ses gestes lui valait un grognement approbateur. Son corps pesait de tout son poids sur le sien, de sorte que les grains de sable s'enfonçaient dans son dos. Une subtile escalade du désir lui fit écarter les jambes, comme si une force invisible chorégraphiait leurs mouvements. Elle retint son souffle, et Leo plongea en elle. Une exclamation étouffée passa ses lèvres, seule indication qu'une douleur fulgurante avait éclipsé le plaisir. Mais Leo dut l'entendre, ou sentir quelque chose, car il se figea. La confusion se lisait dans ses yeux.

— S'il te plaît, ne t'arrête pas, implora-t-elle.

Sa réponse l'étonna :

— Je ne pourrais pas même si je le voulais, grogna-t-il en s'enfonçant plus loin.

Cette interruption aurait dû rompre le charme. Marnie était certaine qu'elle ne ressentirait plus rien. Mais elle se trompait. Leo s'adapta aussitôt à la situation en changeant de rythme. Il se mit à bouger en elle avec une précaution exagérée, laissant à son corps le temps de s'habituer à ce qui lui arrivait. Ses va-et-vient étaient lents, empreints d'une délicieuse volupté. Marnie ne tarda pas à se relaxer totalement.

— Oh ! Leo ! gémit-elle.

Le plaisir montait, la poussant inexorablement vers l'abîme. Cette fois, quand l'orgasme la submergea, le corps de Leo s'arqua avec le sien. Mais il n'étouffa pas ses cris d'un baiser fougueux.

Leo se retira du doux corps de Marnie. À contrecœur, ce qui le troubla. Il aurait dû être furieux et indigné ! Elle s'était fait passer pour ce qu'elle n'était pas ! Impossible d'oublier cette brève résistance quand il s'était enfoui dans sa chair brûlante. Lui qui avait soif de nouveauté, il était servi. Mais l'expérience lui laissait un goût amer. Il avait beau se répéter que ses motivations ne l'intéressaient pas, la question jaillit de ses lèvres malgré lui :

— Pourquoi ?

— Pourquoi quoi ? demanda-t-elle avec un soupir repu.

Il roula sur le côté pour la regarder. Une odeur de sexe flottait autour d'elle, et ses courbes généreuses invitaient à s'y lover. La tentation était grande de la reprendre, là, maintenant. Son corps durcissait déjà à cette pensée.

— Tu étais vierge ! lança-t-il, accusateur.

— Et alors ?

— Alors les filles vierges ne couchent pas sur la plage avec le premier venu !

— Oh ! bien sûr. J'aurais dû me réserver pour ma nuit de noces, railla-t-elle avec un rire cynique qui aurait eu sa place dans son propre répertoire.

Elle s'assit, et sa luxuriante chevelure dégringola sur ses seins nus.

— Rassure-toi, Leo. Je n'attends pas de toi une bague et une belle robe blanche pour sauver mon honneur.

— La robe blanche n'est plus vraiment d'actualité…

— Une chance que je ne te demande rien, alors !

Elle se releva avec une grâce si séduisante qu'il faillit la ramener sur le sable près de lui. Mais, lorsqu'elle appuya son poids sur son talon blessé, un juron lui échappa.

— Attention à ton pied…

— Laisse mon fichu pied en dehors de ça, tu veux ?

Il ne demandait pas mieux. Si seulement il ne l'avait pas entendue crier ! Mais il avait une responsabilité envers elle, à présent, et il l'honorerait, que cela lui plaise ou non. C'était le moins qu'il puisse faire dans ces circonstances.

Il se leva à son tour et remit rapidement son jean.

— Tu ferais mieux de te rhabiller, dit-il avec brusquerie. Je te ramène.

— Pas la peine, siffla-t-elle en renfilant son bas de bikini. Je me passerai de ta charité.

Cet accès de fierté fit retomber sa colère.

— Marnie, il est tard et nous sommes loin de tout, pointa-t-il patiemment. Comment comptes-tu rentrer ? Nous ne sommes pas à Acton. Aucun bus ne passe ici.

— Si tu connaissais Acton, tu saurais qu'il n'y a pas beaucoup de bus qui passent là-bas non plus.

Tout en parlant, elle se débattait avec son haut de bikini. Par réflexe, il tendit la main pour l'aider, mais elle l'écarta d'un geste furieux.

— Je peux me débrouiller seule. Même si tu es sans doute un expert dans ce domaine…

Amusé, il la regarda agrafer tant bien que mal son soutien-gorge trop petit, puis renfiler sa robe informe si apte à dissimuler ses courbes de rêve. Enfin, elle secoua ses cheveux et les peigna avec les doigts, sans grand succès. Sa crinière était toujours aussi en désordre lorsqu'elle se tourna vers lui, hésitante, semblant chercher ses mots.

— Écoute, ce qui vient de se passer était une erreur…

— Ce qui est fait est fait, la coupa-t-il, piqué dans son orgueil.

Insinuait-elle qu'elle n'avait pas aimé faire l'amour avec lui ? Ou qu'elle le regrettait ?

— Tu es sûre que ça va ?

— Je n'ai pas mal, si c'est que tu veux dire, lâcha-t-elle sans ambages. Est-ce le moment où je suis censée louer tes prouesses d'amant ?

Leo serra les dents.

— C'est généralement le cas, oui.

L'espace d'une seconde, il crut qu'elle allait le gifler. Une part de lui l'espérait, même. Sa colère avait quelque chose d'incroyablement sexy – trop, sans doute. Si elle l'attaquait, cela lui donnerait le droit de l'embrasser, non ? Il écarta ce scénario absurde, incapable de se défaire de l'impression d'avoir été… oui, dupé. Attiré dans un piège par la plus machiavélique des sirènes. Elle l'avait poussé à l'acte malgré ses réserves, seulement pour retourner ses attentes contre lui.

Durant tout le dîner, l'atmosphère avait été saturée d'électricité. Mais, sur la plage, il s'était mis à lister toutes les raisons pour lesquelles coucher avec Marnie Porter était une mauvaise idée. Et elles ne manquaient pas. Ils ne se connaissaient ni d'Ève ni d'Adam et venaient de mondes radicalement différents. Voilà pourquoi il ne l'avait pas embrassée. Pourquoi il avait continué à marcher chastement à ses côtés, bouillonnant de frustration, certain que Marnie ressentait la même chose. Son langage corporel ne trompait pas.

Mais, au fond, qui cherchait-il à protéger ? Ce n'était pas parce qu'il évitait les aventures d'un soir que cela ne pouvait pas lui arriver une fois. Ils avaient envie l'un de l'autre. Alors où était le problème ? Ils étaient tous les deux adultes, tous les deux expérimentés. Du moins l'avait-il supposé. Quelle raison aurait-il eue de croire le contraire ? Marnie avait eu beau plaisanter sur ce point, le fait est qu'une femme n'offrait pas sa virginité à un parfait inconnu sans contrepartie. Elle espérait forcément quelque chose en retour. Surtout si l'inconnu en question se trouvait être riche comme Crésus.

Le doute le gagna. Et si c'était lui, le naïf de l'histoire ? Si elle connaissait son identité depuis le début ? Peut-être se préservait-elle pour un gros poisson à qui soutirer un joli pactole. À choisir, il préférerait. Les croqueuses de diamants, cela le connaissait. Mais il n'y croyait pas. Elle était trop fière pour être motivée par l'argent.

Une chose était sûre : quelles qu'aient été ses intentions, ce qui s'était passé ne devait pas se reproduire. Derrière la bravade, il y avait eu une forme de tendresse dans sa façon de lui ouvrir ses bras. Cela aussi l'avait déstabilisé, et il s'était brièvement abandonné à sa douceur, en proie à un tourbillon d'émotions indéfinissables. Mais il était son tout premier amant. Elle risquait de s'imaginer des choses. Les femmes avaient le don de ne voir que ce qu'elles voulaient bien voir. Elles manipulaient la vérité comme personne pour la faire coller à leurs propres désirs.

Leo serra la mâchoire. Ne l'avait-il pas appris à ses dépens ? C'était ce qui avait fait de lui l'homme réputé au cœur de pierre qu'il était aujourd'hui, peu fréquentable pour une femme candide comme Marnie. Il lui ferait comprendre qu'il n'en valait pas la peine. Et plus vite elle sortirait de sa vie, plus vite il l'oublierait.

Fouillant dans sa poche, il en extirpa ses clés de moto.

— Mets ton casque, lui enjoignit-il froidement. Je te ramène à l'hôtel.

4.

— Marnie, manucure urgente pour toi !

Marnie leva la tête vers sa patronne, Jodie, une pétulante Écossaise travaillant sur l'île depuis une dizaine d'années. C'était elle qui lui avait offert ce prestigieux emploi saisonnier à Paramenios, en négociant avec son salon de Londres un congé non payé afin de lui permettre de doubler, voire tripler son salaire habituel dans ce spa de luxe. Marnie lui devait beaucoup. De là à qualifier d'urgence une simple manucure…

— Quelqu'un d'autre peut-il s'en charger ? Je ne me sens pas très bien, aujourd'hui.

— C'est vrai que tu as mauvaise mine, convint Jodie. Qu'est-ce qui t'arrive ?

Marnie se mordit la lèvre. Elle n'allait pas lui avouer pourquoi elle avait été incapable de se concentrer de toute la matinée. Elle imaginait déjà sa réaction… *Oh ! hier, j'ai accepté l'invitation à dîner d'un séduisant inconnu, puis je lui ai donné ma virginité sur la plage.* Leo l'avait ensuite déposée non loin de l'hôtel, sans même un dernier baiser. C'était ce détail qui l'avait le plus blessée. Ils avaient fait l'amour, unis de la plus intime des façons, et elle n'avait même pas droit à un petit baiser d'adieu ?

Elle avait passé le reste de la nuit à tourner et se retourner dans son lit. Le film de la soirée défilait en boucle dans sa tête. Leo bougeant en elle, les yeux dans les siens… Ses propres cris de plaisir… Seigneur, qu'est-ce qui lui avait pris ? Les premières lueurs de l'aube avaient remis les choses en perspective.

Elle avait été stupide, voilà tout ! Elle était tellement à cran depuis l'arrestation de Pansy, elle devait bien finir par craquer un jour. Au moins, elle n'avait fait de mal à personne – sauf peut-être à elle-même. Cet épisode ne se reproduirait pas. Le sexe avait été fabuleux, mais ce n'était qu'un coup d'un soir. Leo lui avait clairement fait comprendre qu'il ne comptait pas la revoir. Elle avait feint d'être d'accord pour sauver la face, et peut-être était-ce mieux ainsi. Leo Kanonidou l'avait rendue… vulnérable. Ce n'était vraiment pas le moment ! N'avait-elle pas assez d'ennuis comme cela sans s'enticher d'un motard sexy qui changeait sûrement de maîtresse comme de chemise ?

Ses joues s'empourprèrent sous le regard inquisiteur de sa patronne.

— J'ai mal dormi, cette nuit. Un moustique dans ma chambre n'arrêtait pas de me tourner autour, prétendit-elle.

Jodie eut une grimace compatissante.

— Fichus moustiques ! Ils vendent des sprays à la boutique de l'hôtel. Tu devrais essayer. C'est cher, mais cent pour cent efficace.

— Bonne idée.

Marnie se força à sourire.

— C'est pour qui, cette fameuse manucure ?

Jodie consulta son porte-bloc.

— Ariane Paparizou. Elle fait partie du groupe installé dans l'aile ouest. Tu sais, les amis de ce milliardaire qui fête son anniversaire. Elle demande une minimanucure au bord de la piscine.

— Pour quand ?

— Hier, évidemment. Tu sais comment sont ces femmes riches…

Marnie hocha la tête. Hormis quelques exceptions, la plupart exigeaient la lune et se comportaient comme si tout leur était dû. Avec un soupir, elle réarrangea ses cheveux, vérifia son kit à ongles portable et se dirigea vers la très chic aile Ouranos du Paradeisos. C'était la première fois qu'elle s'y rendait. Jodie tendait à s'approprier les clients susceptibles d'offrir de généreux pourboires. Une aubaine, donc. En temps normal, elle s'en serait réjouie. Mais pas aujourd'hui. Elle avait l'étrange sensation d'être déconnectée de son corps, comme si deux orgasmes dans les bras d'un inconnu avaient secoué les fondations même de son être, au point de ne plus savoir qui elle était.

Une profusion de fleurs roses et blanches formaient un écrin paradisiaque autour des bâtiments interconnectés entourant des piscines de diverses tailles. Et, bien sûr, l'aile Ouranos disposait de sa propre plage privée. Dommage que la moindre plage soit désormais associée dans son esprit à son étreinte torride avec Leo. Ou aux grains de sable glissant dans le siphon de sa douche tandis qu'elle essayait d'effacer son odeur de sa peau…

Un tintement de verres la ramena au présent. La scène sous ses yeux ressemblait à un spot publicitaire : autour d'un bassin d'un bleu limpide, un groupe de jeunes gens beaux et riches riaient et bavardaient en grec tout en sirotant du champagne. Plusieurs femmes bronzaient sur des transats dans des bikinis aussi microscopiques que hors de prix. Marnie connaissait les tarifs pratiqués à la boutique de l'hôtel. Comment pouvait-on dépenser autant pour un simple maillot de bain ?

L'une d'elles leva la tête sous son large chapeau de paille et lui fit signe.

— Ah, ma manucure. Enfin ! s'exclama-t-elle dans un anglais irréprochable. Je n'ai jamais été aussi heureuse de vous voir.

Tous les visages se tournèrent vers elle. Marnie détestait être le centre de l'attention. Elle traversa la terrasse, mal à l'aise. Comment ne pas l'être au milieu de ces femmes plus éblouissantes les unes que les autres ? Les hommes aussi étaient tous grands et incroyablement séduisants. L'un d'eux en particulier… Une sueur froide perla entre ses omoplates. *Oh non, ce n'est pas vrai. Dites-moi que je rêve !* Mais un coup d'œil furtif vers l'homme en question confirma ses craintes.

C'était bien Leo.

Son motard ténébreux et sauveteur, à qui elle avait donné sa virginité.

Mais il n'avait plus rien de l'homme qui l'avait embrassée si fougueusement la veille en jouant une symphonie avec ses sens. Envolés, le jean délavé et le T-shirt noir épousant son torse sculpté. Et aucune vieille moto en vue. Ce matin, il portait un coûteux polo en lin ouvert au col et un bermuda bleu marine. Ses cheveux avaient été domptés et coiffés en arrière. Il affichait une froide élégance, irradiant pouvoir et privilège comme seuls les puissants de ce monde savaient le faire. Marnie déglutit, clouée sur place par ces yeux rivalisant avec l'azur du ciel, leur expression difficile à déchiffrer. Se moquait-il d'elle ou était-il embarrassé de la voir là ?

Maladroitement, elle s'avança vers la femme qui agitait un index impatient. *Reprends-toi !* se tança-t-elle. La dernière chose dont elle avait besoin était qu'on se plaigne de son manque de professionnalisme.

— Ariane Paparizou ? s'enquit-elle, un sourire crispé aux lèvres.

— C'est moi. Ne restez pas plantée là, venez vous asseoir.

Elle tourna la tête vers ses amis, et sa queue-de-cheval dansa sur ses épaules.

— Cela ne vous dérange pas, n'est-ce pas, que… Comment vous appelez-vous, ma chère ?

— Marnie.

— Que Marnie m'accapare un moment ?

Tout sourire, elle tapota le tabouret installé à côté du

transat. Marnie aurait voulu disparaître dans un trou de souris. Si seulement elle n'avait jamais rencontré Leo ! Tandis qu'elle sortait un à un les vernis de sa trousse, mille questions se bousculaient dans sa tête.

Que faisait-il ici ? N'était-il pas censé travailler sur un chantier ? Or, voilà qu'il fraternisait avec ces gens privilégiés comme s'il était à sa place parmi eux ! Et, à en juger par le respect que les autres lui témoignaient, c'était le cas. Un horrible pressentiment l'envahit. Qui qu'il soit, il n'était pas ce qu'il avait prétendu être. Comment avait-elle pu être aussi naïve ? Elle qui se targuait de bien cerner les gens. De ne pas se laisser séduire par les beaux parleurs. Évidemment qu'il n'était pas maçon ! C'était l'été. Quoi d'étonnant à ce qu'il porte une tenue décontractée et se balade à moto ? Et ce restaurant censé être entièrement réservé… Il avait suffi d'un mot de Leo pour qu'une table se libère comme par magie. Le propriétaire se serait-il plié en quatre pour le premier venu ? Bien sûr que non !

Elle coula un regard dans sa direction. Leo était le seul à boire de l'eau plutôt que du champagne, les yeux rivés sur elle. Ne la fixait-il pas avec un peu trop d'insistance ? Quelqu'un allait finir par s'en apercevoir et se demander pourquoi une simple manucure l'intéressait autant. À moins que ce genre de petits jeux avec des employés d'hôtel ne soit monnaie courante chez ces gens-là ?

Elle fouilla dans sa trousse pour se donner contenance. Mais son regard sur elle la brûlait tel un fer rouge.

— Leo…

Son pousse-cuticules faillit lui échapper des mains quand Ariane prononça ce nom qu'elle-même avait crié la veille au plus fort du plaisir.

— Hum ?

— Tu veux bien m'aider à choisir une couleur ?

— Je crains de ne pas être expert en vernis à ongles, Ariane.

Marnie transpirait à grosses gouttes. Et si Ariane et Leo étaient amants ? S'était-il autorisé un simple petit écart la nuit dernière ? Le scénario était plausible. Pire… Si la belle Grecque était au courant ? Peut-être même en avaient-ils discuté et ri ensemble ? Les couples libres étaient à la mode. *Que veux-tu,* agape mou, *cette pauvre fille s'est littéralement jetée à mon cou !* Une nouvelle crainte l'assaillit. Ariane l'avait-elle dénoncée à la direction de l'hôtel ? Les relations intimes entre personnel et clients étaient strictement interdites. Allait-elle être renvoyée sans lettre de recommandation, ni la généreuse prime sur laquelle elle comptait pour aider sa sœur à sa sortie de prison ?

— Marnie ?

La voix d'Ariane la tira de ses pensées.

— O… Oui ? bredouilla-t-elle, les joues en feu.

— Je prendrai « Reflets d'Aurore ».

Marnie cilla devant le flacon de vernis orangé comme si elle ne l'avait jamais vu avant.

— Hum… Excellent choix. Très populaire cet été. Y a-t-il un endroit où je puisse remplir mon bassin pour le trempage ?

Ariane désigna d'une main indolente l'un des élégants bâtiments blancs.

— Il y a des toilettes là-bas. Première à gauche. Vous ne pouvez pas les manquer.

Leo regarda Marnie s'éloigner, incapable d'en détacher les yeux. Il ne savait s'il nageait en plein rêve ou en plein cauchemar, obsédé par le souvenir de ses jambes autour de lui tandis qu'il pilonnait sa chair vierge. Jamais il n'aurait pensé la recroiser – et cela aurait été mieux ainsi. Il n'était pas fait pour elle, ni elle pour lui. Elle manquait d'expérience et de sophistication. Elle n'appartenait pas à son monde. Mais, surtout, il ne reconnaissait pas l'homme qu'il devenait en sa compagnie. Impulsif. Irréfléchi. Il avait perdu tout contrôle. Plus exactement, c'est *elle* qui lui avait fait perdre tout contrôle. Enfant, il avait été manipulé tant par sa mère que par son père. Il s'était si souvent senti impuissant qu'il avait appris à ne plus jamais laisser la moindre situation lui échapper. Jusqu'à hier soir. L'emprise de Marnie sur lui l'avait effrayé. Lui, qui méprisait la peur presque autant que le mensonge.

Voilà pourquoi en déposant Marnie à l'hôtel, il avait ignoré l'invitation de ses lèvres. Il s'était retenu de l'embrasser, comme il s'était retenu de la suivre dans sa chambre et lui refaire l'amour, malgré le désir qui le consumait. Il s'était contenté d'un au revoir laconique au moment où elle descendait de sa moto.

Mais elle était là, maintenant, et il avait besoin de la voir seule. Pourquoi ? Difficile à dire. Il posa son verre et se dirigea l'air de rien vers le bâtiment où elle avait disparu. Un bruit d'eau guida ses pas. Là, dans l'embrasure d'une porte se tenait Marnie, penchée sur un lavabo. Elle se redressa brusquement, comme si elle avait senti sa présence. Y était-elle aussi sensible qu'il l'était à la sienne ? se demanda-t-il, avant de croiser son regard furieux dans la glace.

— Va-t'en, siffla-t-elle.

— Il faut qu'on parle.

— Pour dire quoi ?

Elle se retourna, son petit récipient d'eau à la main. Sa colère le frappa de plein fouet sans la barrière du miroir.

— Tu vas m'expliquer comment tu t'es fait inviter à cette soirée select ? J'ignorais que les riches d'ici côtoyaient des employés de chantier. Soit ils sont très ouverts d'esprit… soit tu ne travailles pas du tout dans le bâtiment.

— En un sens, si…

— Ne joue pas sur les mots ! Tu vois très bien ce que je veux dire !

Leo réprima un sourire. Sa véhémence était adorable. Mais il percevait de l'embarras derrière ses reproches.

— J'avais mes raisons de ne rien te dire.

— Oh ! je n'en doute pas.

Elle le détailla froidement de la tête aux pieds. Rien à voir avec la façon dont elle le dévorait des yeux la veille au restaurant.

— Tu es un homme fortuné, Leo, c'est évident. De quoi donner des idées à tes petites conquêtes sans lendemain, n'est-ce pas ?

— Je ne suis pas comme ça.

— Tiens donc ? Alors j'ai dû rêver ce qui s'est passé hier soir ?

Il nota le tremblement de ses lèvres. Au même instant, elle regarda derrière lui et son expression furieuse céda la place à un sourire artificiel.

— *Kyria* Paparizou ! Navrée de vous avoir fait attendre. Je suis à vous tout de suite !

Déstabilisé par cette interruption, Leo la laissa s'en aller. Son délicat parfum s'insinua dans ses narines au moment où elle le dépassait. À contrecœur, il pivota sur ses talons. Qu'allait dire cette peste d'Ariane après l'avoir vu parler avec la manucure ? Mais l'héritière grecque n'avait pas bougé de son transat, que Marnie rejoignait de sa démarche chaloupée. Alors ce n'était qu'une ruse pour lui échapper ? Et il était tombé dans le panneau ! Rares étaient ceux qui parvenaient à le duper. Il resta là à la regarder, captivé par sa crinière blonde ondoyant dans son dos et son déhanché sexy sous l'uniforme blanc. Soudain, elle lui décocha un regard triomphant par-dessus son épaule. Un éclair de désir le foudroya. Ce n'est que lorsqu'elle s'attela aux ongles d'Ariane qu'il se décida à regagner la terrasse, où un serveur lui tendit un autre verre.

Mais, au lieu de rejoindre l'un des petits groupes riant et buvant à l'ombre des parasols, il continua à admirer

Marnie et ses longues jambes nues caressées par le soleil. Hier soir, il avait résolu de ne jamais la revoir. Aujourd'hui était un autre jour, et sa résolution faiblissait de seconde en seconde.

— Leo, voilà donc où tu te cachais.

Une voix masculine l'arracha à sa contemplation. Xenon Zafiris, héritier d'un vaste empire de transport maritime. Ils avaient évolué dans les mêmes cercles, adolescents, sans pour autant devenir amis. Leo lui adressa un sourire de pure forme.

— Je ne me cachais pas.

— Alors, les États-Unis, comment c'était ?

— Immense.

— Et l'Angleterre ?

— Moins.

Xenon arqua un sourcil.

— On dit que tu fais creuser des puits dans le nord du pays… Une entreprise à but non lucratif ?

— En effet, répondit Leo, soudain sérieux. Les terres là-bas ont désespérément besoin d'eau. Les possibilités agricoles y sont infinies, à condition de régler le problème de l'irrigation.

— Un vrai philanthrope, déclara Xenon avec un sourire en coin. Au fait, j'ai appris que ton père se remariait. Vas-tu assister à la cérémonie ?

Leo haussa les épaules.

— Je devrais pouvoir me libérer.

— Il en est à combien de mariages, déjà ? On perd le compte.

— Quatre, dit-il avec un détachement feint.

Il n'avait aucune envie d'évoquer son père et ses diverses épouses. Encore moins avec quelqu'un comme Xenon, toujours avide de potins mondains. Il préférait continuer à étudier Marnie Porter, malgré l'œillade assassine qu'elle venait de lui jeter. Son pouls s'accéléra. Aucune femme ne l'avait jamais regardé ainsi. Serait-il devenu masochiste ?

— Pas mal, hein ? lança Xenon en suivant la direction de son regard. Son uniforme n'est pas très flatteur, mais…

Leo se raidit. Il arrivait souvent que les hommes commentent le physique des femmes comme ils savouraient un bon vin. À en croire les épouses de ses amis, elles en faisaient autant. En général, c'était inoffensif. Mais la remarque de Xenon avait déclenché en lui une rage aussi violente qu'inexplicable. De quel droit Zafiris, play-boy invétéré, posait-il ses yeux de prédateur sur son amante ? Se pouvait-il qu'il soit… *jaloux* ?

Non, la jalousie ne faisait pas partie de son vocabulaire. Pour être jaloux, il fallait qu'il y ait une relation. Et une relation impliquait d'accorder sa confiance. Tout ce qu'il avait banni à jamais de sa vie. Leo n'avait aucune intention de se marier ou fonder une famille. Pourtant, Marnie Porter avait accompli ce qu'aucune femme n'avait réussi avant elle, car la nécessité ne s'en était jamais présentée : elle avait fait de lui un chasseur. D'habitude, c'étaient les femmes qui venaient à lui. Elles lui tournaient autour telles des abeilles autour d'un pot de miel. Aucune ne l'avait jamais repoussé en le toisant avec hostilité.

Alors pourquoi la désirait-il comme il n'avait jamais désiré aucune autre femme ?

Il fronça les sourcils.

Qu'avait donc de plus cette petite coiffeuse d'Acton qui le fascine à ce point ?

5.

Marnie ignora le coup frappé à sa porte. Elle n'était pas d'humeur à voir qui que ce soit, encore mortifiée après sa rencontre avec Leo Kanonidou au bord de la piscine, au milieu de ses amis riches et sophistiqués. Quelle humiliation ! Mais cet épisode l'avait confortée dans ses certitudes : elle ne pouvait faire confiance à personne. Si elle devait compter sur quelqu'un, c'était uniquement sur elle-même. Elle ferait bien de ne plus l'oublier.

De retour dans sa chambre en fin de journée, elle avait reçu un appel de sa sœur. L'échange avait été bref, car Pansy arrivait à court de crédit – comme à chaque fois. Les nouvelles n'étaient pas bonnes. D'après son avocat, elle encourait bel et bien une peine de prison ferme. Face à la panique de sa sœur, Marnie s'était sentie profondément impuissante. Que faisait-elle là, à des milliers de kilomètres de Londres, au lieu d'être à ses côtés ?

Cela avait été la goutte de trop. Elle avait fondu en larmes, faiblesse inhabituelle chez elle. Elle pleurait rarement. Était-ce sa première expérience sexuelle qui l'avait rendue aussi émotive ? Dans ce cas, raison de plus pour rester à l'écart des hommes. Après un moment, ses pleurs s'étaient calmés. Elle s'était essuyé le visage et se sentait un peu mieux. Mais pas assez pour recevoir de la visite.

Peu importait qu'il s'agisse de Jodie voulant savoir comment elle allait. Ou d'une des serveuses de l'hôtel venue l'inviter à boire un verre avec les autres. Plus que deux jours avant la fin de son contrat… Elle aurait voulu sauter le soir même dans le premier avion pour Londres, histoire de sonner les cloches à cet avocat incompétent ! Ou, à défaut, se blottir sous sa couette pendant les prochaines quarante-huit heures. Enfin, façon de parler. Son lit n'avait pas de couette, inutile sous le climat méditerranéen de Paramenios. En cette fin d'été, la chaleur était quasi intenable dans le clapier qui lui servait de chambre. Et le bruyant ventilateur sur la table ne valait pas l'air conditionné. Privées de distraction, ses pensées revinrent à Leo, qui ne l'avait pas quittée des yeux pendant qu'elle s'occupait des ongles d'Ariane. Comme s'il examinait un spécimen fascinant au microscope. L'intensité de son regard l'avait troublée. Elle s'était sentie…

Ça suffit, s'admonesta-t-elle. À quoi bon se rappeler le pouvoir qu'il avait de lui faire perdre tous ses moyens ? Ou la honte qu'elle avait ressentie quand Ariane lui avait glissé un généreux pourboire dans la main ? Elle avait même failli le refuser. Mais la vérité était que tout bonus était bon à prendre. En quittant le groupe de riches vacanciers, elle s'était fait l'effet d'une moins que rien. Exactement ce qu'elle avait toujours été. Une étrangère. Une marginale, objet de mépris et de ridicule.

Un nouveau coup retentit à la porte.

— Allez-vous-en ! cria-t-elle.

En vain. Son visiteur était du genre persistant. Excédée, Marnie se leva de son lit et alla ouvrir. Son cœur s'arrêta à la vue de Leo. Il avait troqué sa tenue de la matinée contre un pantalon ajusté et une chemise couleur charbon épousant sa carrure d'athlète. Du sur-mesure, sans aucun doute. Comme toujours, il était la virilité incarnée.

Cette apparition fit un choc à Marnie. Inattendue, mais pas aussi désagréable qu'elle aurait dû l'être. Une fois de plus, son corps la trahit. Ses seins frémirent, à l'étroit sous l'uniforme qu'elle ne s'était pas donné la peine d'enlever.

Bon sang, qu'est-ce qui lui arrivait ? Comment pouvait-elle être encore attirée par un tel menteur ? Elle s'en voulait de s'inquiéter de son apparence avec ses yeux rougis et ses cheveux hirsutes. De se rappeler ses baisers torrides, et ses mains habiles sur son corps qui semblaient savoir exactement où la toucher pour lui arracher des soupirs d'extase…

Ses doigts se crispèrent sur la poignée.

— Va-t'en ou je te claque la porte au nez. J'en suis capable !

— Est-ce vraiment ce que tu veux, Marnie ?

— Ce serait un plaisir inégalé !

— Oh ! ça, j'en doute…

Le sous-entendu fit affluer le sang aux joues de Marnie.

— Crois-tu vraiment que m'éviter soit le meilleur moyen de régler la situation ?

— Quelle situation ? répliqua-t-elle. Nous ne sommes que deux étrangers, dont l'un regrette d'avoir rencontré l'autre.

— Est-ce de toi ou de moi que tu parles, *agape mou* ?

— Espèce d'ordure !

Marnie ignorait ce qui la blessait le plus : son insinuation ou l'utilisation des mêmes mots doux qu'il avait susurrés la veille dans son cou au moment de prendre sa virginité. Mais ce n'était pas le moment de penser à cela. Il s'imposait chez elle sans y avoir été invité. C'est elle qui était en position de force, cette fois.

— Je ne me répéterai pas, l'avertit-elle.

— Cinq minutes, pas plus.

— Et après, tu t'en vas ?

Il haussa les épaules.

— Si c'est toujours ce que tu veux…

Non, mais quelle arrogance ! Il ne doutait pas une seconde qu'elle se plie à sa volonté ! Marnie fulminait. Sa confiance en lui était sûrement justifiée. Elle était prête à parier qu'aucune femme ne l'avait jamais chassé de chez elle. À elle de créer le précédent. Alors qu'attendait-elle ? Mais sa raison ne faisait pas le poids face au puissant magnétisme de Leo. Elle était faible et n'avait aucune envie qu'il s'en aille. Du moins, pas tout de suite. Quel mal y avait-il à écouter ce qu'il avait à dire ? Et si on le voyait devant sa porte ? Une serveuse avait récemment été renvoyée pour avoir fricoté avec un client. Marnie partait dans deux jours. Pourquoi risquer une prime indispensable en laissant quelqu'un découvrir qu'elle avait couché avec l'un des plus prestigieux résidents de l'hôtel ?

— Tu ferais mieux d'entrer, grommela-t-elle.

— *Efcharisto.*

— Ce n'est pas avec plaisir.

Il sourit et parut instantanément aspirer tout l'air de la pièce. Marnie ferma la porte, puis se hâta de mettre le plus de distance possible entre eux. Pas facile dans un si minuscule espace. Sa proximité la faisait se sentir vulnérable. Et elle était tout sauf vulnérable. Elle était une femme forte. C'était sa marque de fabrique. Sa responsabilité pour être née cinq minutes avant sa sœur, destinée à veiller sur Pansy chaque fois que la vie s'acharnait sur elles.

— Tu as cinq minutes. Pas une de plus.

Son attitude ne semblait pas le perturber le moins du monde. Au contraire, il avait l'air d'apprécier le défi. Il émanait de lui cette même assurance désinvolte qui l'avait attirée lors de leur rencontre.

— Tu es en colère.

— Tu es perspicace, rétorqua-t-elle.

— Et tu as pleuré.

— Et alors ? Ce n'est pas un crime.

— Est-ce parce que je n'ai pas voulu te revoir ?

Marnie n'en croyait pas ses oreilles.

— Mon Dieu, ça va, les chevilles ? C'est ce que tu crois ? Que je pleurais dans mon oreiller parce que tu m'as fait comprendre qu'il n'y aurait pas de seconde fois ?

Elle força un sourire blasé sur ses lèvres.

— Je n'ai peut-être aucune expérience avec les hommes, mais je sais ce qu'est un coup d'un soir. Ne t'inquiète pas, Leo. Je n'attends rien de toi.

— Alors quel est le problème ?

Le sourire de Marnie s'évanouit. Le problème était qu'elle se sentait submergée de toute part ! Elle s'inquiétait pour sa sœur en prison. Et maintenant il y avait lui ! Oh ! elle avait déjà souffert avant, mais jamais à cause d'un homme. Elle veillait à ne jamais se mettre dans une telle position. Pourquoi aucun de ses mécanismes de défense habituels ne fonctionnait avec lui ? Elle pourrait expliquer qu'elle avait mal vécu qu'il la regarde manucurer les ongles de son amie en sirotant du champagne avec ses camarades milliardaires. Mais ce serait esquiver la question.

— Je pensais que tu étais comme moi, admit-elle à contrecœur.

Il fronça les sourcils.

— Dans quel sens ?

— Je te prenais pour un type ordinaire, pas quelqu'un de…

— Riche ?

Elle eut un rire de dérision.

— Ne sois pas modeste, Leo. J'ai vu l'addition de ton petit groupe au bar rien que pour le déjeuner. Tout le personnel vous traite comme si vous apparteniez à la famille royale !

Elle secoua la tête.

— Pourquoi ne pas m'avoir dit que tu logeais ici quand tu m'as déposée hier soir, au lieu de me laisser tomber sur toi en plein travail ? Le choc que ça a été de te voir au bord de cette piscine !

— Pour moi aussi.

— Pauvre chéri, grinça-t-elle, sarcastique.

— J'aime quand tu m'appelles chéri, dit-il d'une voix suave en laissant ses yeux glisser vers son haut d'uniforme.

— Une collègue du spa parlait justement de toi, tout à l'heure…

Si seulement il voulait bien arrêter de la regarder ainsi !Et la serrer dans ses bras et l'embrasser comme elle rêvait d'être embrassée…

Elle chassa ce fantasme intempestif.

— C'est comme ça que j'ai appris ce que tu faisais dans la vie, continua-t-elle. Oh ! ça, pour travailler dans le bâtiment… Tu es le plus grand promoteur immobilier du pays et l'un des hommes les plus riches du monde !

Il haussa les épaules.

— Je ne le nie pas. Maintenant, tu comprends pourquoi je ne t'ai rien dit.

— Pas vraiment. Tu veux bien éclairer ma lanterne ?

Leo plissa les yeux. Allait-elle vraiment l'obliger à l'expliquer tout haut ? Ce genre de discussion l'ennuyait. Avec n'importe qui d'autre, il aurait coupé court. Mais il suffisait que Marnie le regarde avec son air buté pour qu'il soit prêt à répondre à toutes les questions du monde. Était-ce son tempérament provocateur qui le rendait si indulgent avec elle, ou le souvenir de son corps voluptueux autour du sien ?

— Les Kanonidou ont un certain passif, dit-il d'un ton rembruni. Quiconque porte ce nom est attendu au tournant.

— Et alors ? Tu croyais que j'allais essayer de te soutirer de l'argent si je savais qui tu étais ? Ou exiger que tu utilises une pince en or pour retirer les piquants d'oursin de mon pied ?

— Ça existe, les pinces en or ?

— Oh ! pour le bon prix, on a tout ce qu'on veut.

— Je suis bien placé pour le savoir, affirma Leo. Pour une fois, j'appréciais d'être avec quelqu'un qui ne sache pas qui je suis, ni ce que les journaux racontent sur ma famille. C'est tellement rare… Et je n'ai jamais dîné avec une femme qui insiste pour payer sa part.

Marnie leva fièrement le menton.

— Je paye *toujours* ma part, déclara-t-elle. Connaître le montant de ton compte en banque n'aurait rien changé. Ce n'est pas pour cette raison que j'ai couché avec toi.

— Je sais. C'est ce qui m'a plu chez toi. Mais pour quelle raison, alors ? Je ne comprends pas, Marnie. La plupart des femmes attachent une grande importance à leur première fois. Pourquoi donner ta virginité à un parfait inconnu ?

Marnie ne savait que répondre. Elle n'allait pas lui avouer à quel point elle s'était sentie spéciale avec lui. Elle passerait pour une désespérée, comme si personne d'autre ne l'avait jamais aussi follement désirée. Même si c'était la vérité. Inutile de flatter davantage son ego surdimensionné. Mais le sexe n'était-il pas censé être un acte purement physique, surtout pour les hommes ? Les émotions n'y avaient pas leur place. Pourquoi n'en irait-il pas de même pour elle ?

Qui sait si, de retour en Angleterre et après avoir tiré Pansy d'affaire, elle ne se trouverait pas un petit ami ? Quelqu'un plus comme elle. Un garçon ordinaire, avec un travail ordinaire. Pas un milliardaire grec inaccessible aux allures d'ange déchu. Auquel cas ne valait-il pas mieux avoir déjà un peu d'expérience ? Elle s'était toujours méfiée des hommes. Mais maintenant qu'elle avait perdu sa virginité, et puisqu'elle avait aimé l'expérience, qu'est-ce qui l'empêchait d'explorer plus avant sa sexualité ? Leo lui avait posé une question simple et directe. Il méritait la même franchise.

— Parce que j'en avais envie, admit-elle. Je voulais oublier mes problèmes et le monde extérieur, et tu es arrivé. Tu étais si…

— Si quoi ?

Le temps parut se suspendre autour d'eux.

— Désirable, acheva-t-elle dans un souffle. Tu m'as donné envie de sauter le pas.

Il y eut un silence. Leo racla ses cheveux en arrière et expira profondément.

— Eh bien, c'est une sacrée déclaration.

— Tu n'as pas l'habitude qu'une femme te complimente ?

— Pas de cette façon.

— Tu as ma permission de l'intégrer à ton CV, plaisanta-t-elle. Mais je préfère que la source reste anonyme, si ça ne te dérange pas.

— Je vais y penser, répliqua-t-il dans un rire.

Un rire gave et sexy qui fit battre son cœur plus vite. Inutile de s'emballer, se rappela-t-elle à l'ordre. Elle venait de faire rire l'un des hommes les plus puissants de la planète, et alors ? Cela ne changeait rien. Il restait un milliardaire lui ayant caché son identité de peur qu'elle lorgne sa fortune, et elle, une coiffeuse insignifiante au visage bouffi de larmes, sur le point de rentrer en Angleterre où une montagne de problèmes l'attendait.

— Voilà, tu as eu ce que tu voulais. Tu peux t'en aller, maintenant.

Leo la dévisageait, pareil à un roc, immobile et immuable. Ses yeux brillaient d'une lueur étrange.

— Tu as soulevé plus de questions que tu n'as apporté de réponses, objecta-t-il. Je suis curieux… Qu'est-ce qui peut bien se passer dans ta vie que tu veuilles à ce point oublier ?

Était-ce de la sollicitude qu'elle percevait dans sa voix ? Cette gentillesse inattendue ouvrit une fissure dans ses défenses. Elle n'avait pas l'habitude qu'on se montre bienveillant à son égard. Elle tenait trop les gens à distance pour cela. L'expérience lui avait appris à rester prudente et garder ses secrets pour elle. Mais Leo Kanonidou la connaissait plus intimement que quiconque. Il avait été en elle, leurs deux corps unis jusqu'à ne faire plus qu'un. Est-ce cela qui la fit fléchir et bêtement s'engager dans la brèche ?

— C'est… ma sœur, bredouilla-t-elle. Ma sœur jumelle, Pansy. Je m'inquiète pour elle, c'est tout.

Elle ponctua ses mots d'un geste désinvolte indiquant que le sujet était clos. Mais Leo ne comprit pas le message ou choisit délibérément de l'ignorer.

— Que lui arrive-t-il ? demanda-t-il.

— Je n'ai jamais dit qu'il lui était arrivé quelque chose…

— Mais tu l'as sous-entendu.

Son regard se planta dans le sien. Impossible de s'y soustraire.

— Raconte-moi.

Était-ce ainsi que certaines personnes devenaient aussi influentes ? En vous envoûtant par la seule force de leur personnalité jusqu'à vous pousser à vous confier de votre plein gré ? Eh bien, Leo Kanonidou n'allait pas être déçu. Il ne risquait pas de persévérer dans son enquête quand il connaîtrait la vérité.

— Elle a des ennuis avec la justice, avoua-t-elle comme si chaque mot lui était arraché de la gorge.

— Quel genre d'ennuis ?

— Ça n'a pas d'importance.

— Raconte-moi, répéta-t-il d'une voix très douce.

Trop. Une voix caressante, enjôleuse, qui lui donnait le sentiment d'être en sécurité. L'espace d'une seconde, elle se demanda ce que cela ferait d'avoir quelqu'un sur qui se reposer.

— Elle ne fait jamais les bons choix en matière d'hommes. Ce doit être génétique, reprit Marnie avec un petit rire.

Elle eut la satisfaction de voir Leo accuser le coup.

— Son dernier petit ami en date lui a demandé de transporter un sac pour lui à Monaco. Elle a accepté. Tu devines la suite.

— Drogue ? avança Leo, la mine sombre.

— Non, diamants.

Marnie oublia Leo, toutes ses pensées tournées vers

Pansy. La gentille et naïve Pansy qui faisait bien trop facilement confiance aux gens.

— Elle ignorait ce que contenait le sac ! ajouta-t-elle avec feu. C'est la vérité ! On peut l'accuser d'être trop crédule, mais ce n'est pas une criminelle. Elle est innocente !

Les yeux bleus de Leo prirent un éclat métallique.

— C'est ce qu'ils disent tous.

Tant de cynisme mit Marnie hors d'elle. Elle regretta aussitôt de lui avoir parlé. Qu'est-ce qui lui avait pris ? Les larmes aux yeux, elle tourna les talons. Mais Leo la retint en l'agrippant par les épaules, irradiant d'une force réconfortante. Puis il fit quelque chose d'inattendu : il porta une main à son visage et essuya avec douceur le sillon de larmes sur sa joue. Le geste était si désarmant qu'elle paniqua. Elle se dégagea brusquement, consciente de sa faiblesse quand il la touchait.

— Comment oses-tu la juger ? cracha-t-elle.

— Je ne la juge pas. J'énonce simplement la position qu'adoptera le procureur.

— Parce que tu es avocat, maintenant ?

— Disons que j'ai une certaine connaissance de la loi, répondit-il sèchement. Où est-elle, en ce moment ?

— En détention provisoire à Londres.

Elle soutint son regard avec défi.

— Choqué ?

— Il en faut plus pour me choquer, *agape*. Ne peut-elle être libérée sous caution ?

Marnie hésita. À ce stade, elle en avait dit trop ou pas assez. La réaction de Leo l'incitait à continuer. Peut-être parce qu'elle gardait tout cela enfoui depuis trop longtemps et avait besoin de vider son sac.

— Non, pas de caution. Ils l'ont jugée trop vulnérable à d'éventuelles influences extérieures. Ce qui est sans doute vrai.

— Le petit ami ?

— *Ex*-petit ami, rectifia-t-elle avec une grimace. L'affaire passe bientôt en jugement, mais son avocat commis d'office est totalement incompétent. Pansy encourt une peine de prison ferme ! C'est pour ça que je suis venue en Grèce. Mon salaire ici est beaucoup plus élevé que dans mon salon de Londres, qui m'a accordé un congé saisonnier.

La digue était ouverte, et les mots se bousculaient sur ses lèvres. Quel soulagement d'enfin en parler tout haut !

— Je voulais lui engager un meilleur avocat, reprit-elle. Mais quand j'ai vu les tarifs pratiqués à l'heure, j'ai compris ma naïveté. Alors j'ai pensé…

— Quoi ? Qu'as-tu pensé ?

Elle secoua la tête.

— Aucune importance.

Il y eut une pause. Deux flèches saphir se fichèrent en elle.

— Marnie. S'il te plaît.

C'était un ordre, pas une demande. Elle détestait cette façon qu'il avait de prendre les commandes, sans toutefois opposer de résistance.

— Je me suis dit que je pouvais toujours économiser pour qu'elle ait de quoi retomber sur ses pieds à sa sortie. Une sorte de bas de laine pour l'aider à redémarrer dans la vie. Ça, c'est dans mes cordes.

Elle sortit un mouchoir de la poche de son uniforme et se moucha. Une certaine lassitude tirait ses traits. Leo nota ses yeux rougis, ses cheveux en désordre… Une émotion inconnue lui étreignit la poitrine.

— Et tes parents ? s'enquit-il. Ne peuvent-ils pas vous aider ?

Il la vit se raidir.

— Ma mère est morte. Quant à mon père, je ne l'ai jamais connu. Voilà, tu sais tout. Pars, maintenant.

Elle soutenait son regard sans ciller, le menton levé. Une façade qui cachait mal sa fragilité. Attendait-elle des condoléances ? Il n'en offrit aucune, ce serait hypocrite. Une part de lui l'enviait de ne plus avoir de parents. Mais ce n'était pas le genre de chose qu'on disait à une orpheline. Le tableau qu'elle lui avait brossé de sa vie était sinistre. Marnie se battait seule contre des forces qui la dépassaient. Il balaya des yeux la minuscule chambre. Il y faisait si chaud qu'on se serait cru dans un sauna. Sur une table, à côté d'une pile de livres et d'une brosse à cheveux, trônait la photo d'une belle jeune femme lui ressemblant beaucoup. Sa sœur ? Une valise était posée ouverte par terre, à demi remplie de vêtements. Son regard s'attarda dessus. Cela signifiait-il qu'elle partait ? Il ignora la voix de la raison lui soufflant de ne pas s'en mêler.

— Je peux t'aider, proposa-t-il sur une impulsion.

Le visage de Marnie se durcit.

— Je n'ai pas besoin de ton aide, répondit-elle sèchement.

Un refus était la dernière chose à laquelle Leo s'attendait. Personne ne déclinait son soutien ou son argent. Mais Marnie ne ressemblait à personne qu'il connaissait. Elle était fière et farouchement indépendante. Il ne pouvait s'empêcher de l'admirer pour cela.

— J'ai les ressources pour aider ta sœur. Laisse-moi les mettre à ta disposition.

— J'apprécie l'offre. C'est très gentil de ta part. Mais non merci, s'obstina-t-elle.

— Pourquoi ?

— Parce que je te connais à peine. Je ne veux pas t'être redevable. Ni à toi, ni à personne.

Son expression butée appuyait ses dires. Mais il savait qu'il ne la laissait pas indifférente. Ses yeux s'étaient assombris et ses lèvres tremblaient. Ses tétons pointaient sous son haut d'uniforme en réaction à sa proximité, tout comme la partie la plus masculine de son anatomie réagissait à la sienne. Leur alchimie physique était telle qu'elle en devenait tangible. Ils se désiraient mutuellement, et ce depuis la première seconde. Pourquoi ne pas en profiter ?

Il pourrait l'attirer dans ses bras et l'embrasser, certain qu'elle lui rendrait son baiser avec la même ferveur que la veille sur la plage. Un préambule à d'infinies possibilités. Il voyait ses mains explorant son corps brûlant, encouragées par ses petits gémissements de plaisir. Il s'imaginait retroussant sa jupe d'uniforme sur une petite culotte déjà mouillée. Presserait-elle d'instinct son bassin contre le sien en une invitation à la prendre là, contre le mur, tout en nouant les cuisses autour de sa taille ? Ou l'entraînerait-elle sur son lit étroit où ils s'étreindraient toute la nuit, leur peau en sueur collée l'une à l'autre ?

Mais ce serait mal, se raisonna-t-il. À tout point de vue. Une coiffeuse à la langue acérée avec une sœur en prison était la dernière chose dont il avait besoin. La pulsation dans son aine frôlait l'insoutenable. Au prix d'un effort surhumain, il feignit l'indifférence.

— Comme tu préfères.

— Merci.

— Dans ce cas, il ne me reste plus qu'à te souhaiter bonne chance. Au revoir, Marnie.

— Au revoir, Leo.

Il surprit une ombre de doute sur son visage au moment de tourner les talons. Allait-elle changer d'avis le temps qu'il atteigne la porte ? Le rappeler pour lui dire qu'elle voulait bien de son aide, tout compte fait ? Qu'elle le voulait, *lui* ? Une bouffée d'anticipation l'envahit.

Mais elle n'en fit rien. Sans un mot, elle le laissa partir. Leo s'éloigna dans l'air étouffant de cette fin d'été, en proie à la plus cuisante des déceptions.

6.

Un timide rayon de soleil filtrait par la fenêtre du pub londonien, où un écran de télévision diffusait les pronostics d'un match de football très attendu. Mais tous les regards étaient tournés vers la pétulante blonde agitant sa flûte de champagne à demi vide à la ronde.

— Mon Dieu ! Tu te rends compte, Marnie ? Alors que tout semblait perdu, la justice a classé l'affaire !

Marnie secoua la tête en souriant.

— Moi non plus, je n'arrive pas à y croire, murmura-t-elle.

À peine sorties du tribunal, les deux sœurs étaient entrées dans le bar le plus proche, où Pansy fêtait à présent son acquittement avec sa flamboyance habituelle. Elle portait une robe noire trop courte sous une veste léopard, et ses longs cheveux blonds lui tombaient jusqu'aux fesses, retenus par un bandeau doré. Sans doute pas la tenue la plus appropriée à son propre procès. Marnie était encore stupéfaite par le verdict. Toutes les charges avaient été abandonnées ! Un miracle rendu possible par le nouvel avocat de Pansy, qui avait démonté un à un les arguments de l'accusation et s'était joint à elles pour trinquer à leur victoire.

Le nouvel avocat de Pansy.

Passé l'euphorie du verdict, l'esprit de Marnie s'était concentré sur Walker Lapthorne, qui avait fait une entrée théâtrale au début du procès en surgissant de nulle part. Un avocat sophistiqué, bel homme, absolument pas à la portée du premier venu. Marnie avait consulté ses tarifs après son apparition surprise et manqué défaillir. Qui pouvait bien s'offrir les services d'un professionnel de son calibre ? La panique l'avait gagnée. Et si Pansy avait fait quelque chose de stupide, comme souscrire un énorme prêt à la banque pour engager l'un des meilleurs avocats du pays ? Et pourquoi s'accrochait-elle maintenant à son bras en battant des cils avec des airs de midinette enamourée ? Marnie avait bien essayé de lui tirer les vers du nez à leur arrivée au pub. Sans succès. Sa sœur l'ignorait et ne quittait pas Walker d'une semelle. Quel autre choix avait-elle que de s'adresser directement à l'intéressé ?

Elle s'éclaircit la gorge.

— Monsieur Lapthorne ?

— Je vous en prie, appelez-moi Walker.

— Walker. Tout d'abord, je tiens à vous remercier d'avoir défendu ma sœur comme elle le méritait.

— C'est mon travail, répondit l'avocat en souriant.

Marnie baissa la voix.

— Je suppose que vous n'avez pas pris en charge son dossier en tant qu'avocat commis d'office, continua-t-elle.

L'expression de l'avocat s'altéra légèrement.

— En effet, affirma-t-il.

— Je sais que ma sœur n'a pas les moyens de régler vos honoraires. Tu n'as rien avancé, n'est-ce pas ? lança-t-elle à sa jumelle en plissant des yeux inquisiteurs.

— Bien sûr que non ! s'exclama Pansy. Avec quel argent ?

Son innocence semblait sincère. Une fois de plus, Marnie déplora la façon de vivre de sa sœur. Elle fermait systématiquement les yeux sur tout ce qui risquait d'être déplaisant. Pas étonnant qu'elle ait transporté un sac pour son escroc de petit ami sans se demander ce qu'il contenait. Alors si un mystérieux avocat était soudainement apparu pour la défendre, nul doute que Pansy s'était contentée d'accepter sans poser de questions.

Mais si elle n'avait pas payé les services de Walker Lapthorne, alors qui ?

Marnie ferma les yeux, assaillie par un flot d'images indésirables. Des prunelles d'un bleu perçant. Un corps nu et viril, nimbé d'un halo argenté sous la lumière des étoiles. Non…

Impossible. Il ne ferait pas cela. Elle le lui avait expressément interdit.

Rouvrant les yeux, elle fixa l'avocat.

— *Qui* vous a engagé pour défendre ma sœur, monsieur Lapthorne ?

Une note tendue s'insinua dans la voix de l'homme de loi.

— Je ne suis pas autorisé à divulguer cette information, mademoiselle Porter.

Marnie hocha la tête. Inutile d'insister. Il n'en dirait pas plus. D'ailleurs, même si ses soupçons se confirmaient, comme expliquer un tel acte de générosité de la part du milliardaire grec ? Tenait-elle vraiment à en dévoiler la raison à Pansy ? Ou à Walker, s'il ne l'avait pas déjà devinée ?

Après avoir réitéré ses félicitations, elle embrassa sa sœur sur la joue et quitta le pub. Dehors, une froide bise d'automne faisait virevolter les feuilles dans un tourbillon rouge et ocre. Bien qu'elle eût le reste de sa journée libre, elle n'avait pas envie de rentrer chez elle. Trop de questions sans réponses se pressaient dans sa tête. Elle acheta un café à emporter et alla s'installer sur un banc dans un parc non loin.

Ce ne peut être que Leo.

Mais Leo vivait en Grèce. Marnie fut prise d'un doute. Il ne lui avait jamais dit cela. À vrai dire, il était resté très discret sur lui-même. Il préservait sa vie privée, elle pouvait le comprendre. Posant son café, elle sortit son téléphone et tapa son nom dans le moteur de recherche. Voilà, des milliers d'entrées sur l'empire Kanonidou, et presque rien sur lui ! Mais une information la frappa : la société de Leo possédait une succursale à Londres. Et il était justement de passage dans la capitale !

Ce pouvait donc parfaitement être lui. Qui d'autre ?

Marnie avait la gorge sèche. Elle devait d'abord creuser ce qu'il en était et ensuite… Quoi ? Qu'allait-elle faire ? Le remercier ? Elle lui était infiniment reconnaissante, bien sûr. Mais la méfiance la tenaillait. Qui agissait ainsi par pure bonté d'âme ? Personne. Alors quelles étaient les motivations de Leo ?

Non, cela ne changeait rien. Si son intuition se vérifiait, il avait fait preuve d'une incroyable générosité envers sa sœur. Elle devait lui exprimer sa gratitude. De quoi avait-elle peur ? Oh ! elle le savait. Elle avait peur de ce qu'il lui faisait ressentir. Il ne quittait plus ses pensées depuis son retour de Grèce. Elle songeait encore à lui ce jour-là, en posant le pied sur le tarmac de l'aéroport de Stansted sous un ciel pluvieux. Au salon où elle avait repris le travail, ses collègues la trouvaient étonnamment distraite et silencieuse. *Si elles savaient…*

Sa recherche lui apprit que les bureaux de Leo se situaient à Mayfair, non loin de la station de métro de Bond Street. Peu après, elle découvrait un petit édifice moderne confortablement niché entre ses majestueux voisins du XVIIIe siècle. La nervosité s'empara d'elle tandis qu'elle approchait d'une porte en verre fumé frappée du nom Kanonidou. N'aurait-elle pu lui envoyer une simple carte de remerciement ? Ou une bouteille de whisky dans un coffret chic ? À croire qu'elle avait saisi le premier prétexte pour chercher à le revoir. Mais ce serait jouer avec le feu, et elle le savait.

Leur dernier échange lui revint en mémoire. Elle s'était confiée à lui sur la situation de Pansy, avant de refuser son aide. Elle lui avait expliqué qu'elle ne voulait pas lui être redevable. C'était important pour elle de rester fidèle à ses principes. Ce qui ne l'avait pas empêché d'agir dans son dos en allant à l'encontre de sa volonté. Non, mais pour qui se prenait-il ? Elle se rappelait surtout l'atmosphère saturée d'électricité entre eux. Et elle priant tantôt pour qu'il l'embrasse, tantôt pour qu'il s'en aille… Il n'avait rien tenté. Il était parti sans un regard, la laissant plus seule et misérable que jamais, rongée par le regret.

Son reflet dans la porte en verre lui arracha une grimace. Plusieurs mèches s'étaient échappées de son chignon strict. Elle s'était coiffée ainsi pour le procès afin de projeter une image sérieuse dans l'intérêt de sa sœur. Quant à son tailleur anthracite, choisi dans le même esprit, il lui donnait l'air d'un huissier de justice. Mais peu importait son apparence. Elle n'était pas venue séduire le milliardaire grec. Seulement le remercier avant de prendre congé.

Et s'il était absent ? Trop tard pour changer d'avis. La porte tambour venait de la propulser dans un immense hall d'entrée, envahi par une verdure si dense qu'on se serait cru dans une jungle. Marnie sentit aussitôt qu'elle jurait dans le décor. Un membre de la sécurité plissa les yeux en la voyant, tandis que la sublime réceptionniste la détaillait avec une moue dédaigneuse, comme si elle n'avait rien à faire là.

Eh bien, c'est ce qu'on allait voir.

Refusant de se laisser intimider, Marnie s'avança vers la réception, avec cet air déterminé qu'elle opposait aux assistantes sociales autrefois, durant son adolescence tumultueuse.

— Bonjour. J'aimerais voir Leo Kanonidou, s'il vous plaît, énonça-t-elle.

— M. Kanonidou ne reçoit que sur rendez-vous.

— Qu'est-ce qui vous fait dire que je n'ai pas rendez-vous ?

La belle brune lui adressa un sourire mielleux.

— J'ai son agenda sous les yeux, et votre nom n'y figure pas.

— Vous ne connaissez pas mon nom.

— Non, mais je connais tout son carnet d'adresses. Vous n'en faites pas partie.

Marnie se mordit la lèvre. Question détermination, elle avait trouvé une adversaire à sa hauteur. Mais pas question de faire demi-tour la queue entre les jambes.

— Dites-lui que Marnie Porter est là. Il me recevra.

Épatant comme un peu d'autorité suffisait à dissimuler son manque de confiance en soi. Il faut dire qu'elle était sûre d'elle, pour une fois. Leo la recevrait bel et bien. Quelque chose la poussait vers lui tel un aimant, une force implacable qui semblait avoir le même effet sur lui. Pour quelle autre raison aurait-il engagé une pointure du barreau de Londres afin de sortir sa sœur de prison ? C'était cela qui l'amenait ici aujourd'hui, au mépris de son instinct criant au danger.

La réceptionniste fronça ses sourcils impeccablement dessinés. Elle passa un court appel, à l'issue duquel elle lui désigna l'ascenseur d'un air pincé. Marnie ne savoura que brièvement sa victoire, rattrapée par une nervosité grandissante. La perspective de se retrouver face à Leo lui nouait l'estomac. Était-elle immunisée contre lui, désormais ? Réussirait-elle à le regarder sans rêver qu'il la plaque sur la surface horizontale la plus proche ? Elle regrettait de ne pas avoir fait un détour par les toilettes pour se recoiffer. Peut-être appliquer une touche de rouge à lèvres ? Ce n'était pas qu'elle cherchait à l'impressionner, non. Mais elle ne voulait pas non plus avoir l'air d'une souillon.

La porte de l'ascenseur s'ouvrit, et une autre brune sculpturale s'avança vers elle. Les commandait-il sur catalogue ? Celle-ci portait un chemisier de soie d'un blanc immaculé et une étroite jupe crayon, perchée sur des talons aiguilles d'une hauteur vertigineuse.

— Mademoiselle Porter ? s'enquit-elle.

— C'est moi. Je suis venue voir Leo.

— Si vous voulez bien me suivre… *Kyrios* Kanonidou vous attend.

Le cœur de Marnie cognait à tout rompre. Elle prit une grande inspiration dans un effort pour se calmer et suivit la jeune femme. Une épaisse moquette étouffait le bruit de leurs pas tandis qu'elles se dirigeaient vers un vaste bureau donnant sur les pelouses soigneusement entretenues de Hanover Square. Ce n'était pas le premier dans lequel elle pénétrait dans sa vie, loin de là. Un seul coup d'œil lui suffit à jauger la tanière du milliardaire. Sans surprise, le décor était impressionnant. De splendides toiles couvraient les murs et rendaient les lieux un peu moins impersonnels. Les larges fenêtres offraient une vue agréable. Mais le point de mire était un immense bureau sur lequel elle crut apercevoir une élégante enveloppe beige frangée d'or.

Alors seulement, elle remarqua Leo, debout à l'autre bout de la pièce. Il l'observait avec un sourire en coin, sans doute peu habitué à ne pas capter immédiatement l'attention de ses visiteurs. Était-ce de la perplexité qu'elle lisait sur son visage ? Difficile à dire. Elle cligna les yeux, le temps de s'habituer au flot de lumière, mais surtout au fait que devant elle se tenait l'homme qui l'avait embrassée et serrée dans ses bras. Qui avait pris sa virginité avec une telle maestria qu'elle en avait été remuée au plus profond de son être.

Aujourd'hui, pourtant, il avait l'air d'un étranger dans son costume sombre sur mesure, le bleu de sa cravate assorti à ses yeux. Enfin, pas tout à fait. Ses seins s'étaient durcis et leurs pointes frottaient contre son soutien-gorge. Une tiédeur familière se répandait déjà entre ses cuisses. Son corps exalté avait reconnu celui de Leo, malgré sa profonde méfiance. À l'évidence, elle n'était pas immunisée, réalisa-t-elle trop tard.

— Marnie, quelle surprise !

Sa voix de velours caressa ses sens. Elle l'ignora tant bien que mal.

— Vraiment ? répliqua-t-elle avec un scepticisme appuyé.

Devant son silence, elle continua :

— As-tu engagé un avocat pour défendre ma sœur ?

Un pli creusa le front de Leo.

— Walker t'en a parlé ?

Elle secoua la tête.

— Il n'a rompu aucune clause de confidentialité, si c'est ce que tu veux savoir.

— Alors comment es-tu au courant ?

— J'ai deviné que c'était toi. De qui d'autre aurait-il pu s'agir ?

Son regard bleu acier happa le sien.

— Mon intervention était censée rester anonyme.

— Mais tu devais bien te douter que je chercherais à tirer les choses au clair !

— Tu n'étais pas la priorité dans cette histoire, Marnie.

Elle s'empourpra.

— Non, bien sûr.

— Alors ? la pressa-t-il avec un haussement de sourcils.

— Alors je suis venue te remercier. Et aussi te demander…

Elle déglutit, puis la question jaillit d'elle-même dans un torrent chaotique :

— Pourquoi avoir fait ça, Leo ?

Leo poussa un soupir. C'était la question qu'il redoutait, celle qu'il se posait aussi. L'énigme insoluble. Pourquoi avait-il agi de la sorte ? Certes, sa foi en l'innocence de sa sœur et la conviction absolue avec laquelle elle l'avait défendue l'avaient impressionné. Mais cette histoire ne le concernait pas. D'ailleurs, elle avait décliné son aide. Cependant, il détestait l'injustice. Il connaissait le poids des préjugés dans ce genre d'affaires, surtout quand on n'avait pas les moyens d'engager un bon avocat.

Il était donc intervenu par compassion et parce qu'il avait le pouvoir d'agir. Mais ce n'était pas les seuls facteurs en jeu. Se pouvait-il qu'il ait inconsciemment anticipé ce scénario ? Qu'elle vienne lui rendre visite au bureau ? Oui, sans aucun doute. Loin des yeux, loin du cœur. Il aurait vite oublié cette petite blonde au caractère bien trempé. C'était ce qu'il s'était dit au début. Mais, contre toute attente, cela n'avait pas été le cas. Avec une frustration croissante, il s'était aperçu qu'il pensait un peu trop souvent à elle. En fait, elle ne lui sortait plus de la tête.

Peut-être parce que Marnie Porter lui avait fait entrevoir un monde inconnu, à mille lieues de celui dans lequel il évoluait. Une réalité où être pauvre ne vous laissait aucune chance. Sa propre enfance n'avait pas été idyllique, loin de là. Mais il avait grandi dans l'opulence et bénéficié de la meilleure éducation possible. Et pour quel résultat ? En définitive, l'argent ne faisait pas le bonheur. Il en était la preuve vivante.

Il la regarda ajuster l'anse de son sac à main sur son épaule. Elle semblait mal à l'aise dans son tailleur sévère. Étrangement, la veste et la jupe mal coupées la rendaient encore plus irrésistible à ses yeux. Parce qu'elles suggéraient les courbes divines qu'il savait se cacher en dessous au lieu de les exhiber en les moulant de façon provocante ? Prendre la virginité d'une femme l'aurait-il rendu collet monté ?

— C'est ce que tu m'as dit qui m'a incité à agir, répondit-il. Ta détresse face à la situation de ta sœur m'a touché. Je n'aime pas l'injustice. Il se trouve que j'étais en position d'intervenir, c'est donc ce que j'ai fait.

— C'est tout ? murmura Marnie.

Il haussa les épaules.

— Walker est un brillant avocat qui fait de l'excellent travail depuis des années. Je lui ai soumis le dossier de ta sœur et il a confirmé qu'elle risquait bien une condamnation. À ma demande, il a accepté d'approfondir l'enquête. Il lui a rendu visite, a cru en son innocence et l'a prise comme cliente. Tu connais la suite.

Elle darda sur lui un regard noir.

— Alors même que je t'avais dit ne pas vouloir t'être redevable ?

— Tu ne l'es pas, objecta-t-il. Mais si les honoraires de Walker que j'ai réglés t'ennuient tant que ça, rien ne t'empêche d'aller voir mon assistante, qui t'établira un échéancier de remboursement. Prends le temps qu'il te faudra. Toute ta vie si nécessaire, ça m'est égal. Nous savons tous les deux que ce serait une démarche futile, Marnie. Je n'ai pas besoin de cet argent. J'en ai déjà plus que je ne peux en dépenser.

— Pourquoi ne pas en faire profiter des œuvres caritatives ? le défia-t-elle.

— C'est déjà le cas.

— Alors ma sœur et moi sommes ta dernière bonne action en date, c'est ça ? Nous ne demandons pas la charité !

— « L'Association de défense des sœurs Porter. » Ça en jetterait, pourtant.

La jeune femme eut beau pincer les lèvres, un sourire lui échappa. Leo en conçut une inexplicable fierté, comme s'il avait réalisé un exploit. Un homme devait-il se plier en quatre pour amuser cette petite coiffeuse caractérielle ? Il n'avait jamais eu à fournir le moindre effort avec les femmes. La nouveauté lui plaisait. Et ce sourire ! Cette bouche appétissante ! Il n'en fallut pas plus pour enflammer ses fantasmes. Il avait une idée très précise d'où il la voulait sur son corps…

— Quoi qu'il en soit, je tenais à te remercier, dit-elle en dansant d'un pied sur l'autre dans ses chaussures peu flatteuses. Pansy en ferait autant si elle savait qui était son bienfaiteur.

— Que dirais-tu d'aller boire un verre et trinquer à sa libération ?

Elle le considéra d'un air méfiant.

— Quand ?

— Maintenant ? proposa-t-il en consultant sa montre.

— En plein après-midi ?

— Et alors ? Tu n'as jamais bu de champagne en milieu de journée ?

Sa façon de rouler des yeux l'amusa. L'invitation était tout sauf judicieuse, mais il ne put s'empêcher d'insister :

— Allons, Marnie, qu'as-tu à perdre ? susurra-t-il d'une voix suave.

Elle secoua la tête.

— Non, merci. Je dois rentrer. D'ailleurs, je ne suis pas habillée pour sortir.

Stupeur et irritation lui coupèrent momentanément la voix. Elle déclinait son offre ? L'espace d'un instant, il fut tenté d'en rester là et la laisser partir. Puis son regard tomba sur l'enveloppe posée sur son bureau. Son invitation au mariage de son père. Une corvée dont il se serait bien passé. Raison de plus pour ne pas laisser filer entre ses doigts les plaisirs que la vie lui offrait.

— Laisse-moi au moins te raccompagner chez toi, lança-t-il. Viens, je te dépose.

7.

Qu'as-tu à perdre ? avait demandé Leo en l'invitant à fêter la libération de sa sœur. Marnie avait ravalé un rire. La question ne manquait pas de sel de la part d'un homme qui avait le don de lui faire perdre toute maîtrise d'elle-même.

Si elle avait refusé, ce n'était pas à cause de sa tenue, même si elle savait qu'elle détonnerait dans n'importe quel bar. Non, c'était à cause de Leo et sa personnalité hors norme. Son charisme était tel qu'il attirait les regards partout où il allait. Pour peu qu'il l'emmène dans un endroit chic… Si les gens les voyaient ensemble et commençaient à poser des questions à son sujet ? Elle n'était pas prête à prendre ce risque, elle qui depuis toujours s'arrangeait pour passer inaperçue. Mais Leo n'était pas homme à renoncer si facilement. Pour finir, Marnie avait accepté d'être déposée chez elle. Sans surprise, une luxueuse limousine avec chauffeur s'arrêta devant eux. Ce qu'elle n'avait pas prévu, en revanche, c'était que Leo se glisse sur le siège arrière à sa suite. En quelques secondes, son aura virile emplit tout l'habitacle.

Malgré le confortable espace, l'atmosphère avait quelque chose d'étouffant, et pas seulement à cause des vitres teintées qui les isolaient de l'extérieur. Elle mourait d'envie qu'il la touche, réalisa-t-elle. Une idée complètement stupide. Leo était riche et influent. Une fille comme elle n'avait rien à faire avec un homme comme lui. Si seulement son corps voulait bien le comprendre ! Elle avait les mains moites et ses genoux tremblaient. Pour ne rien arranger, ils étaient bloqués dans les embouteillages alors qu'Acton se trouvait à l'autre bout de la ville. Le désir palpitait dans son bas-ventre. Aurait-elle la force d'endurer ce supplice une demi-heure de plus ? Rien n'était moins sûr.

— Tu ne devrais pas être au travail ? demanda-t-elle pour meubler le silence.

Il croisa ses longues jambes, et Marnie se surprit à ne pas en perdre une miette.

— Je suis le patron. C'est moi qui fixe mes horaires. Je fais ce qui me plaît... Jusqu'à un certain point, bien sûr.

Il posa une main sur son bras, au grand dam de Marnie.

— Que se passe-t-il, Marnie ? Tu as l'air à cran.

— Ça t'étonne ? Je ne m'attendais pas à avoir de la compagnie.

— Ma compagnie est-elle donc si désagréable ?

— Ce n'est pas ça. C'est juste que... Leo ! Que... Que fais-tu ?

L'air de rien, il s'était mis à caresser son bras à travers la fine manche de sa veste. Sentait-il les frissons qui la parcouraient ? Comment un geste aussi inoffensif pouvait-il l'émoustiller à ce point ?

— J'essaye de savoir si ta peau est aussi douce que dans mon souvenir, murmura-t-il. Je suis sûr que oui.

Le plus naturellement du monde, sa main se posa sur sa jambe.

— Des bas ? Tiens, tiens... Je ne t'imaginais pas portant ce genre d'accessoire.

— Qu'est-ce que tu entends par là ?

— Je te croyais prude...

Ses doigts remontèrent lascivement le long de sa cuisse. Marnie frémit.

— ... Mais ça, c'est extrêmement sexy.

Sa main se faufila sous sa jupe. Marnie retint son souffle. Ce n'était pas le moment d'avouer qu'elle détestait les collants et préférait laisser sa peau respirer. Sa gorge était plus sèche que le désert. Elle savait qu'elle devrait protester et arrêter son geste. Sauf qu'elle n'avait aucune envie qu'il s'arrête. Elle voulait que sa main continue son chemin vers sa destination, déjà prête pour ses caresses. Serait-ce si mal de s'accorder un instant de félicité avant de mettre le holà ? Était-elle devenue une allumeuse ? Mais c'était plus fort qu'elle. Ses paupières se fermèrent comme les doigts de Leo se glissaient entre ses cuisses. Ses attouchements sulfureux devenaient de plus en plus irrésistibles. Marnie dut rassembler tout son self-control pour ne pas gémir, surtout quand Leo se mit à parsemer son cou de baisers.

— Leo, souffla-t-elle d'une voix qu'elle ne reconnut pas.

— Chut.

Et ses mots moururent sur ses lèvres car sa main écartait maintenant sa petite culotte humide… La panique lui fit rouvrir les yeux.

— Leo, ton chauffeur !

— Une vitre sans tain nous sépare, pointa-t-il. Il ne peut ni nous voir ni nous entendre.

Marnie songea distraitement que le moment n'était pas vraiment propice à évoquer les diverses fonctionnalités d'une voiture de luxe. Puis elle cessa de penser, trop occupée à contrôler ses gémissements, que Leo censurait en l'embrassant avec fièvre tandis que ses doigts invisibles opéraient leur magie. Il était encore temps de changer d'avis… Non, à vrai dire, c'était au-dessus de ses forces. Plus rien ne pouvait l'inciter à faire machine arrière. Son sang pulsait violemment dans ses veines, au diapason du désir qui enflait en elle. L'extase la submergea et elle se liquéfia contre sa paume, se retenant désespérément de crier malgré l'intimité garantie par Leo. Mais ses efforts pour dissimuler son orgasme ne réussissaient qu'à intensifier les fabuleuses sensations qui l'inondaient. Cela continuait, encore et encore. Le plaisir semblait ne jamais devoir s'arrêter.

Après un moment, il retira sa main. Une vague odeur musquée imprégnait l'air. Hébétée, Marnie cligna des yeux. Leo la dévisageait, son sourire empreint de satisfaction.

— Tu as aimé ? demanda-t-il d'une voix doucereuse.

— Non, j'ai détesté. Ça ne se voit pas ?

Elle appuya sur un bouton, et la vitre électrique s'abaissa sans un bruit. Une bouffée d'air froid s'engouffra dans l'habitacle. Leo s'esclaffa, mais une évidente frustration tendait ses traits. Enhardie, Marnie palpa le renflement que la coupe experte du pantalon ne parvenait pas à dissimuler. Leo émit un grognement rauque tandis que ses doigts se promenaient le long de son érection, avant de ramener fermement sa main sur ses genoux.

— Non, lâcha-t-il.

Marnie était décontenancée.

— Tu n'as pas envie ?

— À ton avis ? Bien sûr que si. C'est juste que c'est un peu moins discret chez les hommes.

— Qu'est-ce que j'en sais, moi ? marmonna-t-elle.

— Et moi, alors ?

Marnie ne put réprimer sa surprise. Ni un sursaut de joie.

— Tu veux dire que…

— Que je n'ai jamais fait jouir une femme sur le siège arrière de ma voiture ? Non. Pas plus que je n'avais déjà fait l'amour sur la plage à une parfaite inconnue. J'ignore quel sort tu m'as jeté, Marnie Porter, mais j'ai envie de toi. Plus que je n'ai jamais désiré personne.

Cet aveu spontané stupéfia Marnie, d'autant qu'il semblait sincère. Les joues en feu, elle se tourna vers la vitre ouverte. Shepherd's Bush était en vue. Ils devaient être dans la voiture depuis plus longtemps qu'elle ne l'avait cru. Son cœur s'emballa. Ne disait-on pas que le temps s'écoulait plus vite quand on passait un bon moment ? Et

« bon moment » était un euphémisme. À quand remontait la dernière fois qu'elle avait fait quelque chose d'aussi fou ?

Lorsqu'elle tourna la tête, elle surprit le regard de Leo sur elle. La faible lumière jetait des ombres sur son visage et faisait ressortir l'éclat de ses yeux. Au fond, pourquoi ne pas poursuivre ce qu'ils avaient commencé ? réfléchit-elle. Le plaisir mutuel entre deux adultes consentants n'était pas un crime, si ? Leo venait de lui prodiguer le plus fantastique des orgasmes. N'en méritait-il pas autant ? Et puis, elle avait envie de le sentir en elle à nouveau. Tout entier. C'était ce qu'elle désirait par-dessus tout.

— Ça te dirait d'entrer boire un café ? proposa-t-elle d'un air dégagé.

Ses prunelles bleues étincelèrent tels deux saphirs.

— Pourquoi pas ? répondit-il sur le même ton.

Cela faisait bizarre de voir la somptueuse limousine s'arrêter devant son immeuble décrépi. De traverser le hall d'ordinaire jonché de détritus – mais pas aujourd'hui, Dieu merci ! – au bras de Leo. C'était la première fois qu'elle invitait un homme chez elle. Son cœur battait à cent à l'heure. Il lui semblait qu'un brasier faisait rage entre ses reins. À peine refermait-elle la porte de son studio sur eux que Leo l'enlaça avidement et se mit à l'embrasser comme si sa vie en dépendait.

— Leo ! haleta-t-elle.

Elle fut récompensée par un roulement provocant des hanches contre les siennes. Il l'avait débarrassée de sa veste avec un empressement jubilatoire et tirait maintenant fébrilement sur la fermeture de sa jupe. Celle-ci atterrit en tas sur le vieux tapis élimé. Marnie se hâta de lui rendre la pareille, et la veste de Leo suivit le même chemin. De nouveau, il prit les choses en main. D'abord, ses chaussures à talons, puis sa chemise blanche sérieuse. Ensuite, ce fut au tour de son soutien-gorge et de sa petite culotte, tous les deux basiques, rien à voir avec de la lingerie affriolante. Ce qui n'empêcha pas Leo d'émettre un sifflement appréciateur lorsqu'il les vit. Après une rapide inspection de la pièce, il la poussa vers le canapé et l'allongea dessus.

Alors il se décida à enlever sa chemise en soie, sans même se donner la peine de défaire tous les boutons. Puis il s'attaqua à son pantalon.

— Ne bouge pas, intima-t-il lorsqu'elle commença à se tortiller.

Plus facile à dire qu'à faire. Elle était si excitée qu'elle ne pouvait s'empêcher d'onduler des fesses contre les coussins. Cette nuit magique à Paramenios lui semblait si loin ! Certes, il lui en avait redonné un avant-goût à l'arrière de sa voiture. Mais elle se languissait d'une étreinte plus intime et ignorait combien de temps encore elle pourrait attendre.

Pas longtemps, à en juger par son regard de prédateur tandis qu'il s'avançait vers elle. Son excitation redoubla. Ce n'est qu'en l'admirant dans toute sa glorieuse nudité qu'elle réalisa qu'elle n'en avait pas eu l'occasion, la première fois. Le soleil de fin d'après-midi londonien en révélait bien plus que le ciel grec étoilé, accentuant chaque ligne ciselée de son corps sans défauts. On eût dit une statue vivante, quoique nettement mieux équipée que toutes ces sculptures des musées de son enfance.

— Mon Dieu, tu es si beau !

Les mots avaient jailli de ses lèvres sans qu'elle puisse les retenir. Leo eut l'air surpris, mais flatté, pour son plus grand plaisir.

— Toi aussi tu es très belle, susurra-t-il.

C'était faux, bien sûr. Mais en cet instant, alors qu'il lui embrassait un sein, puis l'autre, comme s'il leur rendait hommage, elle se sentait belle. Un feu incandescent lui dévorait la poitrine. Puis il se mit à lui mordiller les tétons, ni trop fort, ni pas assez, et la frontière entre douleur et plaisir s'effaça. Un grognement résonna contre ses seins quand la touffeur entre ses cuisses enveloppa les doigts aventureux de Leo. Très vite, leurs caresses sensuelles propulsèrent Marnie aux portes du septième ciel.

L'instant d'après, il la chevauchait. Le préservatif en place, il la pénétra d'un seul vigoureux coup de reins. Elle le sentit s'immobiliser pendant que son corps s'étirait pour l'accueillir, avant de commencer ses va-et-vient. Plaisir et concentration se confondaient sur son visage.

C'était… extraordinaire. Tout ce que Marnie avait anticipé, et plus. Jamais elle n'aurait cru qu'on puisse jouir aussi rapidement. Au plus fort de son orgasme, elle entendit Leo crier quelque chose en grec et son plaisir se doubla d'une profonde satisfaction.

— Où est la chambre ? demanda-t-il lorsqu'ils eurent tous deux repris leurs esprits.

Elle promena un doigt caressant dans son dos.

— Juste là.

— Je veux dire, où est le lit ?

— On est dessus.

— Quoi ?

Il se redressa sur un coude, les sourcils froncés.

— C'est un studio, expliqua-t-elle. Tout tient dans une pièce. Enfin, sauf la salle de bains. On y accède depuis l'entrée. Tu n'avais jamais vu de clic-clac avant ? Si j'avais l'énergie, je te montrerais comment on le déplie pour le transformer en lit deux places.

Leo s'esclaffa. Non, il n'avait jamais vu de clic-clac de sa vie. Et il n'était jamais allé nulle part où la chambre ne faisait qu'une avec la cuisine. Un bâillement lui échappa.

— Et si tu me faisais la démonstration tout à l'heure ? On pourrait y passer le reste de la nuit.

La jeune femme hésita, incertaine.

— Je n'ai pas grand-chose pour le dîner, à part un reste de lasagnes dans le frigo…

— Je me fiche de ce qu'il y a dans ton frigo. Il n'y a que

toi qui me donnes faim, Marnie. Si tu allais nous chercher quelque chose à boire ?

Il regretta de lui avoir demandé cela lorsqu'elle le priva de la chaleur de son corps pour s'exécuter. Et pourquoi enfiler cette chemise informe, si peu attrayante ? Le menton appuyé sur ses bras croisés, il la regarda traverser l'espace réduit et se pencher devant le petit frigo. Peut-être la chemise n'était-elle pas une si mauvaise idée, tout compte fait. Elle lui arrivait à mi-cuisses, dévoilant ses fesses fermement rebondies. Les bas parachevaient cette vision érotique. Il nota que celui de gauche était filé. Devrait-il lui en faire livrer une nouvelle paire en soie ? Non. Fière comme elle l'était, elle l'étranglerait avec plutôt que de les porter.

Elle fit volte-face, un verre d'eau dans chaque main. Leurs regards se croisèrent, et une sensation étrange lui serra la poitrine, qu'il ne reconnut pas. Du désir, ce ne pouvait être que cela. Quoi d'autre ? Comment s'y prenait-elle ? se demanda-t-il fiévreusement en sentant son corps durcir. Comment faisait-elle pour qu'il la désire ainsi sans relâche ?

Elle le rejoignit sur le clic-clac, et ils burent leurs verres d'une traite. Quelques minutes plus tard, il la faisait jouir rien qu'avec sa langue, puis elle lui rendit la pareille, s'occupant de lui comme elle aurait dégusté une succulente glace. Une fois le plaisir retombé, il écarta une mèche folle de son visage.

— Ça te dirait qu'on se refasse ça à l'occasion ? lança-t-il avec nonchalance.

Elle leva la tête de son torse et fixa sur lui un regard perplexe.

— Quoi, *ça* ? Fêter l'acquittement de ma sœur ? Désolée, mais je préférerais qu'elle évite les ennuis avec la justice, à l'avenir…

— Tu sais bien ce que je veux dire.

— Je suis coiffeuse, pas devin. Sois plus clair.

Leo s'agaça. Ne pouvait-elle lire entre les lignes au

lieu de l'obliger à appeler un chat un chat ? Mais peut-être était-ce mieux ainsi. Une totale transparence éliminerait tout risque de malentendu. Impossible de mal interpréter son offre ou lui attacher une signification inexistante.

— Je parlais de nous revoir quand je suis de passage à Londres, expliqua-t-il.

— Juste pour le sexe ? s'enquit-elle avec circonspection.

— Disons pour le plaisir de notre compagnie mutuelle.

Elle continuait à le dévisager sans ciller.

— Devrai-je toujours être… disponible ?

Il haussa les épaules.

— Seulement si tu en as envie.

Un long silence suivit. Il s'aperçut qu'il était suspendu aux lèvres de la jeune femme. L'espace d'un instant, il crut qu'elle allait décliner. Puis ses yeux gris prirent un air pensif.

— Sans contrepartie ?

C'était censé être *sa* réplique, cela.

— Sans contrepartie, affirma-t-il.

— Je ne cherche pas une relation sérieuse, en ce moment.

— Moi non plus. Je ne souhaite ni me marier, ni avoir d'enfants. Mais…

— Mais quoi ?

Elle pencha la tête de côté, et ses longs cheveux en bataille se déversèrent sur ses seins dont les pointes hérissées semblaient l'inviter à les taquiner de sa langue. Ce qu'il ferait très bientôt.

— Mais j'ai envie de toi, conclut-il d'une voix rauque.

— Alors pourquoi as-tu ce drôle d'air ? Qu'y a-t-il, Leo ? N'ai-je pas accepté ton offre avec assez d'empressement ? Tes autres amantes s'accrochent-elles à toi comme des moules à un rocher ?

— Quelle poétesse tu fais…

— N'est-ce pas ?

Il sourit.

— Je crois n'avoir jamais rencontré une femme avec un tel sens de la repartie, confia-t-il en repoussant une autre mèche de son visage. Mais je connais un moyen éprouvé d'avoir le dernier mot…

— Oh ! vraiment ? Lequel ? s'enquit-elle d'un ton innocent.

Pour toute réponse, il la bâillonna d'un langoureux baiser.

8.

La vieille Mercedes écaillée s'arrêta devant le salon. Le profil de son conducteur, familier, était toujours aussi époustouflant. Le cœur de Marnie manqua un battement.

— Oh ! regarde ! Voilà ton petit ami, Marnie ! s'exclama Hayley, la plus jeune recrue du salon, d'une voix tout excitée.

Derrière la vitrine, la pâle lumière des phares trouait le crépuscule de cette fin de septembre.

— Ça faisait un moment qu'on ne l'avait pas vu…

— Oui, il était en déplacement, expliqua Marnie en attrapant son manteau.

Elle dévora des yeux son amant qui l'attendait dans la voiture. Une Mercedes vieille de dix ans que Leo gardait dans son garage pour ses sorties anonymes en solo. Marnie lui avait confié la préférer à sa rutilante limousine. Il n'avait pas été facile de lui faire comprendre qu'elle aimait mieux prendre le bus que se faire conduire partout par un chauffeur en uniforme, qui se précipitait pour lui ouvrir la portière comme si elle était infirme et se pliait à ses moindres désirs. Leo avait d'abord cru à une plaisanterie. Qui n'aimerait pas disposer d'un chauffeur personnel ? Mais Marnie était on ne peut plus sérieuse. Ce qui lui arrivait était déjà assez surréaliste sans y ajouter le genre de privilèges dont la plupart des gens osaient à peine rêver. Son appartement gigantesque était une chose. Le personnel sur place frôlait ses limites. Pourquoi prendre le risque de s'habituer à quelque chose qui n'était que temporaire ? La séparation en serait d'autant plus douloureuse.

Et n'allait-il pas déjà terriblement lui manquer quand leur aventure s'achèverait ?

— Où était-il, cette fois ? questionna Hayley.

— Oh ! tu sais. À l'étranger pour affaires.

Sa jeune collègue fronça les sourcils.

— Tu ne nous as jamais vraiment dit ce qu'il faisait dans la vie…

— Il est dans le bâtiment, prétendit-elle, reprenant à son compte le mensonge de Leo lors de leur première rencontre. Ne me demande pas ce qu'il fait exactement, ça me dépasse !

Marnie s'empara de son sac à main l'air de rien. Elle n'aimait pas avoir de secrets pour ses collègues du salon. Surtout pas pour Hayley qu'elle formait depuis plusieurs années. Mais elle avait préféré minimiser le statut de Leo, pour les mêmes raisons qu'elle préférait se déplacer dans un véhicule anonyme plutôt qu'en limousine. C'était plus facile de laisser croire à son entourage qu'elle sortait avec un homme ordinaire, et non un richissime magnat des affaires à l'influence internationale. Cela lui épargnait les questions trop curieuses.

Elle se mordit la lèvre. Dire qu'elle « sortait » avec Leo était un bien grand mot. Ils ne sortaient jamais des quatre murs de son confortable appartement. Leo avait beau l'inviter au restaurant, au théâtre, ou même à l'opéra, Marnie déclinait à chaque fois. En partie parce qu'elle avait une peur panique que leur relation ne s'ébruite. Mais aussi parce qu'elle aimait ces moments en tête à tête avec lui, sans avoir à se demander si elle utilisait la bonne fourchette ou le bon couteau. Elle ne possédait aucune tenue appropriée dans sa garde-robe pour le genre d'endroits huppés qu'il fréquentait, où les gens risquaient de les épier et se poser des questions sur ce couple si mal assorti. Elle avait toujours l'impression d'être jugée. De ne pas avoir sa place. Le syndrome de l'imposteur, c'est ainsi qu'on appelait ce sentiment si profondément enraciné en elle.

Et n'en était-elle pas un, d'imposteur ?

Si Leo savait qui tu étais vraiment, jamais il ne t'aurait laissée entrer dans sa vie.

C'était cela, le fond du problème. Cette peur constante qui la rongeait de voir sa véritable identité démasquée. Pas que cela. Des années de rejet par toutes ses familles d'accueil et de mauvais traitements au sein des diverses institutions qu'elle avait fréquentées avaient semé le doute en elle. Et si elle n'était tout simplement pas assez bien ? Surtout pour un homme comme Leo. À l'abri dans le cocon douillet de son appartement, aucune rumeur déplaisante ne pouvait l'atteindre. Et se sentir protégée était ce à quoi elle aspirait le plus au monde.

Seule Pansy connaissait la vérité sur son nouvel amant. Le moins qu'on puisse dire était qu'elle n'approuvait pas leur relation. Elle s'inquiétait pour elle. À croire que leurs rôles dans la vie s'étaient subitement inversés.

— C'est pour ça qu'il m'a fait sortir de prison ? Pour te mettre dans son lit ? s'était-elle écriée. J'ai regardé sur Internet. Il a une terrible réputation avec les femmes, tu le sais, ça ? Même moi, je me tiendrais à l'écart d'un type comme lui, et j'ai beaucoup plus d'expérience que toi !

Cette dernière remarque avait particulièrement blessé Marnie. Elle lui avait reproché son ingratitude, muselant l'angoisse que ses mots avaient plantée en elle. Si Pansy préférait être cynique, c'était son problème. Marnie s'était engagée en toute connaissance de cause dans cette relation. Elle en avait elle-même défini les termes – sans contrepartie –, et Leo les avait acceptés. C'était avant tout un moyen de se préserver. D'avoir un peu moins mal quand tout se terminerait. Peut-être était-ce naïf de sa part. Et alors ? La naïveté n'était pas un crime. Il lui avait laissé une porte de sortie, et elle avait choisi de ne pas la prendre.

La remarque de Haley la tira de ses réflexions.

— Ça marche bien entre vous, on dirait…

Marnie esquissa un sourire.

— On peut dire ça.

Elle prit congé de sa collègue et poussa la porte du salon.

Côté sexe, oui, cela marchait bien. Il était toujours partant et elle aussi. C'était tout ce que c'était, se rappela-t-elle avec fermeté. Une relation purement physique entre deux adultes consentants. Il n'était pas question d'avenir ou de promesses irréalistes. Ils n'évoquaient jamais le mois suivant, encore moins l'année. Leo ne lui avait pas demandé ce qu'elle faisait à Noël. Il ignorait quand était son anniversaire, et elle le sien. Marnie n'avait jamais cru aux contes de fées, alors elle s'était persuadé que ce qu'il lui offrait était suffisant.

Parfois, elle s'étonnait de la situation dans laquelle elle se retrouvait. En un sens, c'était trahir tous ses principes. Il arrivait que sa conscience vienne la tourmenter la nuit. Le jouet d'un riche homme d'affaires, voilà ce qu'elle était devenue. Jamais elle n'aurait cru en arriver là. Mais son désir pour lui était plus fort que tout. Impossible de lui résister. Un seul regard, et tout son être se consumait pour lui. Il n'avait qu'à la toucher pour qu'elle s'embrase comme une torche. Elle avait abaissé ses défenses si soigneusement érigées au fil des années. Cela la rendait vulnérable, elle le savait. Mais tant qu'elle continuerait à séparer sexe et sentiments et prendre les choses comme elles venaient, elle ne craignait rien. Son cœur était sauf.

Hayley les épiait depuis la vitrine du salon quand Marnie ouvrit la portière et se glissa sur le siège passager. Leo tourna la tête, les cheveux en bataille, la mâchoire ombrée d'une barbe de trois jours.

— Salut, lança-t-il avec un sourire qui fit battre son pouls plus vite.

— Salut, répondit-elle du même ton dégagé.

Mécaniquement, elle boucla sa ceinture. Il ne lui avait pas fallu longtemps pour s'habituer à être l'amante d'un homme riche. Leo lui effleura la cuisse, et un frisson lui remonta le long de l'échine. Un puissant flot de sensations la submergea quand leurs regards se croisèrent. Mais il n'y eut aucun baiser. Rien qui n'indique qu'elle lui ait manqué durant son absence. Leo Kanonidou répugnait aux démonstrations publiques d'affection. La romance n'était pas son truc, ni le mariage ou toute forme d'engagement. Il ne lui avait jamais expliqué pourquoi, et elle n'avait jamais demandé. Leur relation n'était pas de celles où on échangeait des confidences. Et c'était très bien ainsi. C'était ce qu'ils avaient convenu, non ?

— Ça te dirait qu'on aille se balader ? proposa-t-il. On pourrait admirer le crépuscule sur la Tamise et boire un verre quelque part.

Le soir tombait déjà, mais il faisait encore assez jour pour qu'elle remarque ses traits tirés et les ridules au coin de sa bouche. Un effet du décalage horaire ?

— On n'est pas obligés de sortir. Tu as l'air fatigué, dit-elle. Moi aussi, j'ai des courbatures dans les jambes à force de passer la journée debout. Et si nous…

Rentrions à la maison ? Elle se reprit de justesse.

— … allions chez toi ? termina-t-elle.

— Comme tu préfères.

Leo démarra, les yeux résolument rivés sur la route.

— Comment ça s'est passé aujourd'hui, au salon ?

La jeune femme se lança dans un compte rendu de sa journée, timidement d'abord, puis avec une animation croissante, multipliant les anecdotes irrévérencieuses entrecoupées d'imitations de ses clientes. Mais ce soir sa volubilité caustique ne réussit pas à le faire sourire. Il serra la mâchoire tandis qu'il s'engageait dans le garage souterrain de son immeuble. Sans doute devrait-il lui être reconnaissant d'avoir décliné son offre de sortir. Le voyage l'avait exténué, et il redoutait la semaine qui l'attendait. Le sexe lui changerait les idées. Sa tension s'évanouissait toujours au lit.

L'ascenseur du garage les conduisit tout droit à son appartement. Marnie n'avait pas plus tôt enlevé son manteau que le désir s'empara de lui. Sa tenue était pourtant tout sauf sexy : un banal chemisier et une vieille jupe démodée. Quant à ses chaussures, leur seul atout devait être leur confort. Au moins, elle avait détaché ses cheveux, qui tombaient en une cascade soyeuse sur sa poitrine. Elle était la femme la plus sensuelle qu'il ait jamais rencontrée et elle s'habillait comme une secrétaire de cinquante ans !

Ce constat l'agaça. Pourquoi refusait-elle obstinément ses cadeaux ? Ils se voyaient maintenant depuis plusieurs semaines, mais elle ne le laissait rien lui acheter. Ni vêtements, ni bijoux, ni chaussures. Absolument rien. Elle n'avait pas accepté le plus petit bibelot de sa part. Il en concevait une profonde frustration. Aucune femme n'avait jamais refusé ses présents. Croyait-elle monter dans son estime en rejetant sa générosité ?

Il s'en voulut aussitôt de son cynisme. Force lui était de l'admettre : Marnie l'époustouflait à chaque fois. Il l'étudia avec attention, travaillé par la même question, encore et toujours. Comment faisait-elle, malgré sa garde-robe déplorable et son manque de sophistication, pour susciter en lui une réaction aussi viscérale, telle qu'il n'en avait jamais éprouvée avant ? Un désir ardent le dévorait à la seconde où il posait le regard sur elle. Exactement comme maintenant. Elle le rendait fou sans rien faire, rien qu'en le fixant de ses yeux gris impénétrables.

Il avait bien tenté d'analyser ce qui l'attirait tant chez

elle, sans parvenir à mettre le doigt dessus. Était-ce parce qu'elle le défiait et le faisait rire en même temps ? Parce qu'elle semblait sincèrement indifférente à sa fortune ? Peut-être était-ce sa façon de ne pas le harceler de questions sur ses *émotions* ou, pire, de monologuer longuement sur ce qu'elle-même ressentait. À moins que ce ne soit plus primitif que cela. Peut-être tout tenait-il au simple fait qu'il soit son premier et unique amant. Se pouvait-il qu'il soit aussi vieux jeu ?

L'exclusivité, découvrait-il, était un puissant aphrodisiaque. Et la pureté, un concept plus séduisant qu'il ne l'avait imaginé. Son désir monta d'un cran, chassant de son esprit la date fatidique qui approchait et qu'il redoutait comme si on l'envoyait à l'échafaud. D'un mouvement délibérément séducteur, il s'appuya contre le mur.

— Approche, murmura-t-il.

Ses préoccupations s'envolèrent lorsqu'elle se jeta droit dans ses bras. L'intuition de Marnie était remarquable. Elle savait toujours quand se montrer docile et quand être dominante. Là, tout de suite, il avait besoin d'être aux commandes. Il l'embrassa, encore et encore, jusqu'à lui couper le souffle. Il la désirait tellement qu'il n'était pas loin d'exploser. Mais il aimait faire durer le plaisir. Une autre façon de se donner le contrôle absolu.

— Co… Comment était ton voyage ? balbutia-t-elle tandis qu'il déboutonnait son chemisier.

— Prévisible.

— Ah ?

Sa jupe tomba au sol, et il glissa une main entre ses cuisses. Il la sentit frémir en caressant du pouce son clitoris enflé de désir.

— Je pourrais te raconter de mon voyage…

D'un mouvement leste, il inversa leurs positions de manière que ce soit elle qui se retrouve dos au mur.

— … Ou te dire combien j'aime quand tu es aussi

mouillée. J'ai envie d'être en toi, Marnie. Là, maintenant. À toi de voir.

— Ce n'est pas juste, bredouilla-t-elle, pantelante, alors que ses doigts se faufilaient sous sa culotte humide.

— Vraiment ? rétorqua-t-il. Comment puis-je remédier à ça, *agape mou* ?

Il suspendit son geste.

— Veux-tu que j'arrête ? Que j'aille te servir un verre, peut-être, pendant que tu admires les arbres depuis la terrasse…

— Non, l'interrompit-elle. Tu le sais très bien.

Avec un petit rire, il baissa son pantalon et enfila un préservatif, puis enroula les jambes de Marnie autour de sa taille avant de la prendre d'un coup. Il aurait pu jouir sur-le-champ, mais contint son désir, le temps de satisfaire pleinement la jeune femme. Son corps voluptueux s'arqua, secoué de spasmes, et elle cria son nom. Alors seulement, il accéléra le rythme et la rejoignit dans l'orgasme, libérant sa semence au creux de sa chair frémissante.

Il la porta ensuite dans sa chambre et l'allongea sur le lit. Sa chevelure pâle formait comme un halo sur l'oreiller immaculé. Elle était à se damner, les yeux assombris, un sourire repu aux lèvres. Avec précaution, il enleva le reste de leurs vêtements et se glissa sous les draps en la pressant contre lui.

— Je manque à tous mes devoirs, murmura-t-il contre ses cheveux. Veux-tu que j'aille te servir ce verre, maintenant ?

— Non, merci. Et je n'ai aucune plainte à formuler.

Elle roula sur le ventre, la mine soucieuse.

— Est-ce que ça va ? Tu sembles stressé…

— Encore ? Le sexe est pourtant censé chasser le stress.

— Mais c'est revenu, je le vois bien.

— Rien ne t'échappe, marmonna-t-il dans un bâillement.

— Question d'habitude. À force d'observer les gens

dans le miroir au salon, je devine quand quelque chose les tracasse. C'est ton cas, n'est-ce pas ?

Elle hésita, avant de reprendre avec circonspection, comme si elle lisait un script :

— As-tu envie de… passer à autre chose ?

Leo la considéra avec perplexité.

— Passer à autre chose ? C'est-à-dire ?

— Plutôt… passer à quelqu'un d'autre.

Il mit plusieurs secondes à comprendre où elle voulait en venir. Au moins, elle était directe. Mais, si elle attendait une grande déclaration de sa part ou la promesse qu'il ne la quitterait jamais, elle allait être déçue.

— Non, Marnie, pas encore. Tu en seras la première informée quand ce sera le cas. Marché conclu ?

Sa franchise allait-elle l'échauder ? Son haussement d'épaules désinvolte le rassura.

— Marché conclu.

Elle se tourna sur le côté pour le regarder dans les yeux.

— Vas-tu me dire ce qui te travaille, maintenant ?

— Ça ne te ressemble pas de poser des questions.

— Ça ne te ressemble pas d'être aussi renfrogné, répliqua-t-elle du tac au tac.

Et Leo se surprit à vouloir tout lui dire. C'était insensé ! Son réflexe était toujours de clore immédiatement ce genre de discussion. Mais la question de Marnie exprimait plus de l'inquiétude qu'une curiosité déplacée. Elle ne lui donnait pas l'impression de chercher à en savoir plus pour renforcer son influence sur lui ou s'en servir comme moyen de pression. Il avait l'habitude des petits jeux de pouvoir avec les femmes. Avec Marnie, il n'y avait rien de tel. Au contraire, elle était un modèle de discrétion depuis le début de leur relation. Même ses collègues ignoraient son identité car, selon elle, elles l'encourageraient à rompre si elles savaient, à l'instar de sa sœur. Leo s'était senti un peu insulté. Mais le fait est qu'aucun tabloïd ne l'avait contacté pour le questionner sur ce qu'il faisait avec quelqu'un comme elle.

Marnie était très différente des autres femmes de sa connaissance, c'était indéniable. Elle ne cessait de bousculer ses attentes. Était-ce pour cette raison qu'il était tenté de s'ouvrir à elle ? Parce que d'instinct il se sentait en confiance ?

— Mon père se marie et je dois assister à la cérémonie.

La jeune femme fronça les sourcils.

— Qu'est-ce qui t'y oblige ? Personne ne peut te faire faire quoi que ce soit contre ton gré.

— Ta foi en moi est touchante.

Son ton se durcit.

— Disons que les rumeurs et la publicité autour de mon absence ne feraient qu'aggraver les choses.

— Laisse-moi deviner. Tu n'aimes pas ta nouvelle belle-mère ?

La remarque se voulait une plaisanterie, mais Leo ne sourit pas.

— Difficile d'attribuer ce rôle à une femme de dix ans de moins que moi.

— Alors c'est…

— Une épouse trophée, oui, affirma Leo, sardonique. Ne fais pas cette tête, Marnie. J'ai l'habitude. C'est le quatrième mariage de mon père. Le troisième était bien pire. Du moins, cette belle-mère-là l'était.

L'expression de Marnie s'assombrit. Son amertume avait-elle transparu dans sa voix ?

— Était-elle… cruelle, comme dans les contes de fées ? demanda-t-elle avec hésitation.

Il y eut une longue pause, seulement troublée par le bruit de leurs respirations.

— Non, dit-il enfin. Je crois que j'aurais préféré.

Il attendit une réaction, un commentaire, n'importe quoi

qui interrompe le pénible flot de ses confidences. Mais elle garda le silence. Et Leo se mit à parler, soudain transporté dans le passé. Confiant à Marnie Porter le secret qu'il avait toujours tu jusque-là.

9.

— Mon père était un constructeur de navires et l'un des hommes les plus riches de Grèce…

Marnie attendit qu'il continue. Quand rien ne vint, elle se demanda s'il avait oublié qu'elle était là.

— Voilà qui explique ta fortune, dit-elle.

— Non. Je ne lui dois rien du tout, riposta-t-il d'un ton acide.

— C'est inhabituel pour un père de ne pas soutenir son fils financièrement…

— Oh ! il s'est toujours montré très généreux avec mes deux demi-frères issus de son premier mariage. Dans mon adolescence, nous n'étions déjà plus proches.

Une réponse qui ne faisait qu'appeler d'autres questions.

— Pour quelle raison ? s'enquit-elle.

Il haussa les épaules.

— C'est une longue histoire.

— Comme toutes les histoires.

Ses yeux étaient sur elle, mais c'était comme s'il ne la voyait pas. Soudain, Marnie aurait préféré qu'il lui fasse l'amour ou lui serve ce fameux verre, tout compte fait. N'importe quoi qui le distraie assez pour le dissuader de lui raconter tout cela. C'était le problème quand on en découvrait plus sur quelqu'un. On n'aimait pas toujours ce qu'on apprenait. Ce genre de confidences changeait la nature d'une relation. Il devenait impossible de retourner en arrière, là où tout était plus simple. Une angoisse sourde la gagna. Et s'il lui demandait de lui parler d'elle ?

Elle ravala la boule qui s'était formée dans sa gorge. *Hors de question.* Le mieux serait d'en rester là. De s'extirper du lit sous un prétexte ou un autre, aller chercher un verre d'eau avec l'espoir qu'il change d'avis le temps qu'elle revienne. Mais c'était trop tard. Sa cuisse frôla la sienne comme il changeait de position pour lui faire face, le visage si grave qu'il semblait taillé dans le granit. Elle ne lui avait jamais vu une telle expression avant.

— Ma mère est morte quand j'avais seize ans, commença-t-il.

— Je suis désolée, murmura Marnie, sur la réserve.

Les mères n'étaient pas son sujet de conversation favori.

— Que s'est-il passé ?

— Cancer.

Après une pause, il reprit :

— Elle était malade depuis longtemps, mais elle me l'a caché. Jusqu'à la fin, elle a fait comme si tout allait bien. Quand j'ai compris…

Une profonde blessure perçait derrière ses mots. Marnie se sentait impuissante. Elle aurait tout donné pour la faire disparaître.

— C'était une autre époque. On n'affrontait pas les maladies incurables de la même façon, dit-elle posément. On croyait protéger les enfants en leur dissimulant la vérité, sans mesurer le mal qu'on leur faisait. Ton père ne t'a rien dit ? Était-il complice ?

— Non, ce n'est pas qu'il était complice. Mes parents se parlaient à peine. Lui n'était jamais là. Ce qui arrivait à sa femme lui était égal, je crois, confia-t-il, la mine sombre. C'était son second mariage, et pas le plus heureux. Mais à ce stade de sa vie, il préférait éviter le divorce. Alors il a simplement continué à voir sa maîtresse de longue date, qu'il a épousée après la mort de ma mère.

Marnie prit un moment pour digérer ce qu'elle venait d'entendre.

— Et pour toi, comment était-ce ?

Il se laissa retomber sur le dos, les yeux rivés au plafond. Le dégoût déformait sur son visage.

— C'était l'enfer, dit-il d'un ton amer. Elle…

— Elle quoi ? demanda Marnie avec douceur.

— Ma belle-mère était une très belle femme et elle le savait. Mon père avait la cinquantaine quand je suis né. Il était donc relativement âgé lorsqu'il s'est remarié.

— Alors que toi, tu étais en train de devenir un jeune homme. L'ambiance à la maison devait être…

— Délétère, oui. Pas besoin d'être un génie pour comprendre ce qui se passait.

Il tourna la tête vers elle.

— Enfin, ce que ma belle-mère espérait qu'il se passe.

Marnie n'aimait pas ce qu'elle lisait dans les yeux de Leo en cet instant. Son ventre se contracta.

— Est-ce qu'elle… a essayé de te séduire ?

— Sans arrêt. C'était un harcèlement silencieux, conduit en secret. Ses regards appuyés me donnaient la chair de poule. Elle passait sa langue sur ses lèvres de façon suggestive quand elle me regardait, et elle me regardait souvent. Personne ne s'en rendait compte. Moi seul savais. C'est comme ça que j'en suis venu à mépriser les femmes qui usent de leur sexualité à leur avantage.

Une tension palpable émanait de sa voix.

— J'évitais la maison autant que possible. Mais on a commencé à remarquer mes absences. Mon père voulait savoir pourquoi je n'étais jamais là.

— Et tu ne pouvais rien lui dire.

— Non. La vérité l'aurait blessé dans son orgueil et totalement anéanti. Je ne le haïssais pas à ce point.

Il eut un rire jaune.

— De toute façon, il ne m'aurait pas cru. Quel homme

a envie d'entendre que sa femme regarde ailleurs ? Je suis devenu un étranger dans ma propre maison. Une présence indésirable sous le sacro-saint toit conjugal. L'attitude de mon père était déplorable. Je devais trop lui rappeler la femme qu'il avait trompée. Ou peut-être qu'inconsciemment il devinait les intentions de ma belle-mère…

Un muscle tressauta sur sa joue.

— Tout ce que je sais, c'est qu'il était entièrement sous la coupe de cette femme. Je me suis juré de ne jamais tomber aussi bas.

Ces mots déclenchèrent une sonnette d'alarme dans l'esprit de Marnie. Mais il n'était pas question d'elle, se sermonna-t-elle, ni de ses propres peurs concernant leur relation.

— N'est-ce pas courant, dans les meutes de lions, que le jeune mâle soit chassé par le vieux chef jaloux ? questionna-t-elle.

— Peut-être.

Elle en profita pour se blottir contre lui.

— Alors qu'as-tu fait ?

— Ce que font tous les fils désabusés du monde… J'ai fugué aux États-Unis, répondit Leo. Il existe une importante communauté grecque à Chicago. J'y ai trouvé du travail et un mentor qui m'a pris sous son aile. Avec son soutien, j'ai fini par avoir de la chance.

— De la chance ? Tu es bien modeste, tout à coup, lança-t-elle en promenant un index le long de ses pectoraux.

— Insinues-tu que je suis arrogant, d'habitude ? répliqua-t-il avec un sourire en coin.

— Oh ! je n'oserais pas.

Marnie redevint sérieuse.

— Mais tu t'es réconcilié avec ton père, non ? Puisque tu vas à son mariage…

Il haussa les épaules.

— En réalité, nous n'avons jamais totalement coupé les

ponts. Ça aurait soulevé trop de questions et je ne voulais pas semer la honte sur notre famille. Chaque fois que je rentrais en Grèce, je m'arrangeais pour le voir. Mais pas à la maison pour ne pas tomber sur ma belle-mère. Nos rapports se sont améliorés quand il a fini par demander le divorce pour infidélité.

Un soupir de frustration suivit ces explications.

— Puis j'ai appris qu'il allait épouser une femme dans la vingtaine. Presque soixante ans d'écart, cette fois…

— Et il veut que tu sois là.

— Exact.

— Mais toi, tu n'as pas envie d'y aller ?

— À ton avis ? répondit-il avec une grimace.

— Je crois que ta conscience te travaille, avança-t-elle avec prudence. Il n'est plus tout jeune. Ta présence compte sans doute beaucoup pour lui.

Leo considéra pensivement la jeune femme. Une fois de plus, elle l'étonnait par sa perspicacité. Elle l'avait écouté sans le juger, ni poser de questions indiscrètes. Son secret s'évanouissait déjà sans laisser de trace. C'était comme jeter un caillou dans l'eau sans provoquer le moindre remous.

Une idée germa dans son esprit. Pourquoi ne pas inviter Marnie à l'accompagner au mariage ? Elle serait une bouffée d'oxygène dans cette grande villa vide et froide. La seule personne honnête, innocente, que ne motivaient ni l'avarice, ni l'appât du gain. Sa compagnie le distrairait et rendrait ce calvaire un peu plus supportable.

Il enroula une longue mèche blonde autour de son index, qui retomba en une spirale parfaite contre son visage en forme de cœur.

— Ça te dirait de venir avec moi ?

Elle cilla de surprise.

— Où ça ?

— À Syros, au mariage de mon père.

— Tu veux dire, au mariage d'une bimbo et d'un homme avec qui tu ne t'entends pas ? Ça donne envie !

Mais derrière le ton léger perçait une certaine nervosité, audible dans le tremblement de sa voix.

— J'imagine qu'il y aura une somptueuse réception avec des centaines d'invités ?

— Pas du tout, assura Leo. Mon père a parlé d'une cérémonie intime, avec juste une poignée de proches.

Elle ne semblait toujours pas convaincue.

— Quand est-ce prévu ?

— Dimanche prochain. On pourrait profiter d'un long week-end en Grèce du jeudi au lundi. Pas forcément à Syros. J'ai récemment acheté une propriété à Thessalonique. Je suis sûr qu'elle te plaira.

— Il y a juste un problème… Je travaille samedi.

Leo n'en revenait pas. La plupart des femmes se damneraient pour être introduites à la célèbre villa Kanonidou. La réticence de Marnie le conforta dans sa détermination à l'avoir à ses côtés. Il se mit à lui caresser un sein d'un geste enjôleur.

— Tu n'as qu'à…

— Je n'ai qu'à *quoi*, Leo ? le coupa-t-elle en écartant sa main.

Elle s'assit dans le lit, le regard furibond.

— Tu crois qu'il te suffit de claquer des doigts pour que je laisse tout tomber pour toi ? J'ai un emploi, je te rappelle. Dans un salon de coiffure réputé où je me suis constitué une clientèle fidèle. Je ne vais pas risquer ma crédibilité pour une banale invitation de dernière minute !

— Une « banale invitation de dernière minute » ? répéta-t-il, incrédule.

Il l'attira dans ses bras et cette fois, à son grand soulagement, elle ne le repoussa pas.

— Eh bien, oui, maugréa-t-elle. Ce n'est qu'un mariage. Et tu me donnes à peine quelques jours pour m'y préparer !

La voix de Marnie hoqueta comme il glissait une main entre ses cuisses.

— Si j'accepte… Je dis bien *si*, insista-t-elle, on partira après la fin de mon service samedi après-midi.

— Pas de problème. Tu n'es encore jamais montée dans mon jet privé, n'est-ce pas ?

— Un jet privé, rien que ça ?

— Je suis très bien équipé, au cas où tu ne le saurais pas encore, susurra-t-il en immobilisant sa jambe sous la sienne.

— Tu es vraiment impossible !

— Tant que ça ?

— Et même plus.

Il effleura ses lèvres des siennes.

— Il va falloir que tu me laisses t'acheter une tenue pour le mariage…

La jeune femme recula aussitôt la tête.

— Hors de question.

— J'insiste.

— Tu sais bien que je ne veux pas que tu m'offres quoi que ce soit.

— Oui, j'avais saisi le message, répliqua-t-il, pince-sans-rire. Mais là, c'est différent.

— Parce que je m'habille comme un sac, tu veux dire ?

Il choisit ses mots avec diplomatie.

— Parce que je ne voudrais pas que tu te sentes mal à l'aise. Je sais que tu détestes attirer l'attention sur toi.

Marnie se tut, semblant peser le pour et le contre.

— Je n'irai pas dans une de ces boutiques de luxe où les vendeuses vous toisent comme si vous aviez la peste, marmonna-t-elle enfin.

Un sourire joua sur les lèvres de Leo. Il avait remporté cette bataille.

— Tes désirs sont des ordres, *agape mou*. Je m'occupe de tout.

10.

Marnie s'arrêta net devant la pile de sacs et de boîtes dans le dressing de Leo. Elle la couva d'un regard méfiant tandis qu'elle enlevait son manteau, comme s'il s'agissait d'une bombe à retardement.

— Qu'est-ce que c'est que tout ça ? demanda-t-elle.

— Jette un coup d'œil.

Sa question était rhétorique. Elle savait exactement ce que contenaient les paquets : ses nouvelles tenues pour le mariage de son père, auquel elle avait fini par accepter de l'accompagner. La dépense était justifiée. De quoi aurait-elle l'air si elle se présentait là-bas habillée comme une pauvresse ? Mais, face au fait accompli, elle éprouvait un vague sentiment de malaise. Accepter les présents de Leo n'entérinait-il pas un subtil déséquilibre des pouvoirs entre eux ? Ou se voilait-elle la face en niant qu'il avait toujours eu le contrôle dans leur relation ? Malgré tout, elle avait l'impression de franchir une limite qu'elle s'était toujours imposée jusque-là.

Leo lui avait proposé de choisir elle-même ses tenues, mais elle avait refusé au prétexte d'horaires trop chargés au salon. La vérité était qu'elle n'aurait pas su par où commencer. Et si elle faisait un horrible faux pas en jetant son dévolu sur quelque chose de totalement inapproprié ? C'était surtout l'idée d'entrer dans une de ces boutiques huppées et brandir la carte bancaire de son riche amant qui la dérangeait. C'était tellement cliché. Elle aurait l'air de…

Oui. D'une femme entretenue.

Elle se mordit la lèvre. Si seulement elle avait réussi à joindre sa sœur, elle lui aurait demandé de l'accompagner. Pansy était beaucoup plus sûre d'elle, malgré ses goûts discutables en matière de mode. Mais celle-ci ne répondait pas au téléphone. Du reste, Marnie se passait volontiers d'un énième sermon sur son choix d'amant.

C'était donc Leo qui s'était chargé personnellement de son shopping.

Marnie s'avança vers la pile d'articles flambant neufs en essayant de se convaincre que cela lui était égal, ce qu'il lui avait acheté. Sans grand succès. Elle était comme une petite fille devant un sapin de Noël, elle qui n'avait jamais reçu le moindre cadeau digne de ce nom de sa vie. Même les couples envisageant de les adopter, elle et sa sœur, ne leur offraient que des babioles de quatre sous, comme s'ils répugnaient à gaspiller de l'argent au cas où l'adoption n'aboutisse pas – ce qui était toujours le cas. Ce genre de générosité lui inspirait donc une profonde défiance. Mais Leo la regardait, dans l'expectative. Ce serait impoli de sa part de ne pas au moins jeter un coup d'œil, n'est-ce pas ?

Un à un, elle dénoua les rubans fermant les divers sacs. Entre les couches de papier de soie apparut le genre de vêtements qu'elle n'avait vus portés que par ses clientes les plus chics. Des robes de jour vaporeuses, des chemisiers raffinés, des T-shirts de qualité supérieure. Il y avait également plusieurs jeans et une jupe à la coupe sophistiquée, ainsi qu'un caftan, des sandales et un maillot de bain, le tout accompagné d'accessoires assortis. Sans oublier la lingerie, tout en dentelle et satin. Des culottes hautes mettant les jambes en valeur et des soutiens-gorge dont le seul but semblait d'accentuer son décolleté. D'instinct, elle sut que ces couleurs étaient les siennes et flatteraient son teint, et que tout lui irait à la perfection. C'était exactement ce qu'elle aurait choisi si elle avait été quelqu'un d'autre, vivant une autre vie.

Mais la cerise sur le gâteau était sans conteste la robe choisie pour la cérémonie. Marnie n'en croyait pas ses yeux. Ses doigts tremblaient sur la délicate soie rouge, plus douce que tout ce qu'elle avait touché dans sa vie. Comme elle mourait d'envie de l'essayer ! Sa nature suspicieuse revint aussitôt au galop.

— D'où viennent toutes ces tenues ? La Fée Marraine est-elle passée les déposer ? demanda-t-elle en s'obligeant à détacher sa main de la somptueuse robe.

— Presque. Le styliste les a fait livrer cet après-midi, répondit Leo.

— Un styliste qui ne m'a jamais rencontrée ? Eh bien, il a une excellente intuition. Comment a-t-il deviné mes mesures ?

— C'est moi qui les lui ai données.

— Parce que tu les connais ?

Sa stupéfaction parut amuser Leo.

— Disons que j'ai l'œil.

— Ah oui, tu as dû habiller beaucoup d'autres femmes ainsi avant moi, grinça-t-elle, piquée par l'aiguillon de la jalousie.

— Pas du tout, réfuta-t-il. C'est une première. J'ai fait appel au meilleur styliste du pays afin de lui expliquer précisément ce dont tu avais besoin.

— C'est-à-dire ?

Son regard erra lentement sur elle.

— De belles matières. Rien de trop court ou de trop décolleté, car tu as de la pudeur et ça me plaît. Je suis peut-être vieux jeu, mais préserver sa vertu est un art qui se perd. C'est bien dommage.

Sa voix prit un accent pensif.

— Même si je ne comprends pas pourquoi tu t'obstines

à te couvrir autant. Tu as le corps le plus sexy que j'ai jamais vu.

Le compliment fit monter le rouge aux joues de Marnie. Elle fit mine de s'affairer à déballer d'autres sacs, en proie à un tumulte d'émotions contradictoires. À l'écouter, elle était la personnification même de la bonté et de l'innocence ! Mais cette femme dont il parlait n'existait pas. Certes, elle était vierge à leur rencontre. Mais il la dépeignait comme une sainte, et c'était bien la dernière chose qu'elle était.

L'inquiétude s'insinua en elle. Où cette liaison les menait-elle ? L'invitation au mariage de son père repoussait une nouvelle limite. Chaque jour qui passait lui faisait sentir le danger de prolonger leur relation. Elle fonçait droit dans le mur, tous les signes étaient là. Le choc de la rupture serait d'autant plus brutal. Avait-elle oublié que tout cela n'était qu'une parenthèse vouée à se refermer ? Leo avait un passé douloureux, plus que les gens ne le soupçonnaient. Le silence de sa mère sur sa maladie avait dû être une terrible trahison. D'autres avaient suivi. L'infidélité de son père. Son dévouement aveugle à une nouvelle épouse harcelant son propre fils. Pas étonnant qu'il haïsse le mariage !

Et alors ? lui souffla une petite voix. *Quel rapport avec toi ?*

Son visage s'empourpra un peu plus. S'imaginait-elle vraiment dans le rôle de la femme de Leo Kanonidou ? Où était passée la prudence avec laquelle elle s'était lancée dans cette relation ? Son critère numéro un n'était-il pas de séparer plaisir et sentiments ? C'était censé n'être que du sexe, rien de plus.

Rien de plus !

— Alors ?

Leo la scrutait, dans l'attente de son verdict. Elle devait lui paraître tellement ingrate ! Il s'était donné beaucoup de mal pour lui constituer cette fabuleuse garde-robe, et elle agissait comme s'il avait commis un crime ! N'avait-elle pas donné son accord ? C'était bien elle qui avait consenti à se laisser habiller telle une poupée. Elle se jeta à son cou et l'embrassa avec fougue.

— J'aime tout ! Tout est magnifique, dit-elle avec sincérité.

— Pourquoi n'essayerais-tu pas la robe rouge ? suggéra-t-il.

Elle recula.

— Quoi, maintenant ?

— Tu n'as pas envie de te voir dedans ? Moi si…

C'était une invitation tacite à troquer ses vêtements ternes de tous les jours contre une sublime robe de princesse. Marnie ne demandait pas mieux, mais une inexplicable timidité la paralysait. Leo l'avait déjà vue se déshabiller maintes fois avant. Alors pourquoi quelque chose semblait-il différent, aujourd'hui ?

Sous son regard de braise, elle retira son chemisier, puis sa jupe, qu'elle posa dans un fauteuil. Un documentaire vu à la télévision lui revint à l'esprit, où un serpent muait en abandonnant derrière lui son ancienne peau. Elle aussi s'apprêtait à revêtir une toute nouvelle apparence, dans laquelle elle ne reconnaissait pas. Elle était en sous-vêtements quand Leo s'approcha d'elle. Son expression ne laissait aucun doute quant à ce qu'il voulait – et c'était réciproque. Pile ce qu'il lui fallait pour oublier ses questionnements.

Tout bien réfléchi, la robe peut attendre, décréta-t-il, la voix éraillée.

Marnie n'opposa aucune objection à cette marque d'autorité. À peine l'enlaçait-il qu'elle frémit d'anticipation. Son sang bouillonnait dans ses veines, et tout son être n'était plus que désir. Une faiblesse qui réduisait à néant ses efforts pour garder les pieds sur terre. Dès que Leo la touchait, elle devenait incapable de rationalité.

Sa bouche couvrit la sienne, et elle gémit sous la pression avide de ses lèvres. Lorsqu'il fit glisser sa petite culotte en coton le long de ses cuisses, elle sut que celle-ci connaissait sa dernière heure. Qu'elle ne porterait plus désormais que du satin et de la dentelle. Comme toute maîtresse choyée par son amant. Déjà, il débouclait la ceinture de son pantalon.

— Je n'ai pas eu le temps de prendre une douche, protesta-t-elle faiblement. J'ai encore l'odeur du salon sur moi…

— C'est ton odeur et j'aime ça, susurra-t-il en se déshabillant en deux temps, trois mouvements.

Il la porta jusqu'à la chambre, où il l'allongea sur le lit avant de la chevaucher. Il prenait son temps, la caressant exactement là où elle aimait l'être. Oh ! il savait ce qu'il faisait. Il la voulait folle de désir pour lui. Elle le suppliait tellement, elle avait besoin de lui en elle. Mais il continuait à se contenir, dans une magistrale démonstration de self-control que Marnie ne pouvait songer à égaler, comme s'il savourait cette supériorité sur elle. Le premier orgasme l'emporta, déclenché par la seule habileté de sa langue.

— Ah ! cria-t-elle. Ah !

Il la pénétra alors qu'elle convulsait encore dans les affres du plaisir. Une douce chaleur inonda son corps comme il l'emplissait tout entière. Elle dut l'encourager car ses yeux sur elle se chargèrent d'intensité. Quand il la regardait ainsi, elle se sentait plus proche de lui qu'elle ne l'avait jamais été de quiconque.

— Leo, balbutia-t-elle, chavirée par une émotion menaçant de la faire voler en éclats.

— Oui, Marnie ? questionna-t-il, moqueur.

Elle ferma les yeux et ravala les mots tendres qui lui montaient aux lèvres pour se concentrer sur les sensations la submergeant par vagues. Au bord de l'orgasme, elle planta les ongles dans ses épaules et alla le chercher avec tout ce qu'elle avait. Leo jouit avec elle, en hoquetant ces paroles incompréhensibles en grec qui lui étaient devenues si familières. Ils retombèrent sur le matelas dans les bras l'un de l'autre. Leo lui caressait les cheveux pendant qu'ils reprenaient leur souffle, savourant le silence. Sa question la prit au dépourvu :

— Alors dis-moi, Marnie, qu'est-ce qui t'a rendue aussi réservée ?

Marnie prit sur elle pour ne pas tressaillir. Elle ne voulait pas lui donner l'impression qu'elle avait quelque chose à cacher. Même si c'était le cas.

Elle se força à sourire.

— Moi, réservée ? Je croyais que tu me trouvais insolente…

— Parfois, oui. Mais tu es avant tout quelqu'un de très discret. Je me demande pourquoi.

Marnie se retint de le planter là. De lui dire que ce n'était pas ses oignons, qu'on ne posait pas ce genre de questions dans une relation purement sexuelle. Mais lui-même ne lui avait-il pas confié des détails personnels sur sa vie ? Si elle se taisait, cela ne ferait qu'éveiller ses soupçons. Les hommes comme lui ne toléraient aucun refus. Il insisterait, elle esquiverait, et ils finiraient par se disputer. Elle ne voulait pas que les choses se terminent ainsi. Peut-être pourrait-elle trouver un compromis ? Lui avouer une partie de la vérité en taisant le reste ?

— Tu n'as jamais rencontré ma sœur, n'est-ce pas ? lança-t-elle.

— Non, mais j'ai vu une photo.

— Alors tu as dû remarquer qu'elle était très belle.

Il haussa les épaules.

— Elle a un sens du style tout personnel. Pour être honnête, elle ne t'arrive pas à la cheville.

— Je t'en prie, Leo. Pas besoin de me flatter parce qu'on couche ensemble, rétorqua-t-elle avec agacement. Ma sœur et moi nous ressemblons beaucoup, bien que nous ne soyons pas de vraies jumelles. Mais de menus détails font toute la différence. Pansy a de grands yeux clairs et une silhouette avantageuse. C'est toujours elle qui…

— Qui quoi ? demanda Leo lorsqu'elle laissa sa phrase en suspens.

— Ça n'a pas d'importance.

— Peut-être que si.

Sa voix avait quelque chose d'envoûtant. Elle l'enveloppait tel un chaud manteau de sorte qu'elle se sentait... protégée. Est-ce pour cela qu'elle se remit à parler sans plus réfléchir ?

— Je t'ai dit que nous avions passé la majeure partie de notre enfance en foyer ?

— Oui, parce que votre mère...

— ... est décédée, coupa-t-elle court.

Elle voulait bien être sincère, mais jusqu'à un certain point.

— Nous n'avions aucun autre parent, continua-t-elle. Je ne sais pas ce qu'il en est aujourd'hui, mais à l'époque les services sociaux employaient certaines personnes peu recommandables. Du genre à manifester un intérêt malsain pour une jolie fille comme Pansy. Je veillais sur elle en essayant...

— De la protéger, compléta Leo d'une voix empreinte de colère contenue. Laisse-moi deviner. Tu as fait ton possible pour cacher sa puberté naissante à ces ordures ?

Marnie ouvrit des yeux interdits.

— Comment le sais-tu ?

— C'est évident. Je parie aussi que tu as pris l'habitude de vous enlaidir, toi et ta sœur, sous des vêtements couvrants. Quand Pansy a pris son indépendance, elle s'est sans doute rebellée contre ça. Mais toi, tu as gardé le réflexe.

Il fronça les sourcils.

— Ça m'a d'ailleurs toujours étonné, ce bikini orange que tu portais, le jour de notre rencontre...

— Oh ! ça. C'était un cadeau de mes collègues avant mon départ en Grèce. Une plaisanterie de leur part, expliqua

Marnie. Si j'avais porté mon vieux maillot de bain une pièce, m'aurais-tu quand même invitée à dîner ?

Il y eut un silence.

— Honnêtement, je n'en sais rien. C'est vrai que je n'étais pas indifférent à ton corps quasi nu. Mais il y avait autre chose… Une sorte d'alchimie qui dépassait la simple attirance physique.

Son regard bleu azur se planta dans le sien.

— Et elle est toujours là.

Marnie s'efforça de rester impassible. Ces mots la touchaient, ce qui en disait long sur son manque de confiance en elle. Le problème était qu'ils lui donnaient de l'espoir, et les faux espoirs finissaient toujours par vous faire souffrir. Une affinité sexuelle, ce n'était rien de spécial. Cela s'estompait à mesure que s'installait la lassitude. Tout le monde savait.

— Je vais me doucher, dit-elle en sautant du lit avant qu'il n'ait le temps de la retenir.

Sous le jet brûlant, elle s'aperçut qu'elle tremblait. Elle ferma les yeux et s'abandonna à la sensation de l'eau ruisselant sur son visage. Leo avait su poser les bonnes questions, car elle s'était dévoilée plus qu'elle ne l'avait jamais fait. Cela la troublait. Elle redoutait un effet domino. Maintenant qu'elle avait commencé à se confier à lui, ne voudrait-il pas en savoir plus ? Son passé sordide fascinait les gens. Un jour, à l'école, un autre élève avait appris la vérité sur leur mère. Elle et Pansy avaient essuyé une pluie d'insultes qui avait donné lieu à une violente bagarre. L'école les avait alors renvoyées, scandalisée par ces jumelles aux visages d'ange capables d'en venir aux mains. Bien sûr, leur famille d'accueil avait aussitôt renoncé à les adopter.

Si elle avait l'impression de vivre en marge du monde, c'était pour une bonne raison. Les gens comme elle étaient trop abîmés par leur passé, et leurs séquelles trop profondes pour guérir un jour. Elle ne s'était jamais sentie

« normale ». Cela ne changerait sans doute jamais, et elle l'avait accepté… jusqu'à sa rencontre avec Leo. Il l'avait tirée hors de sa zone de confort. Il lui faisait aspirer à des choses qui ne lui avaient jamais traversé l'esprit avant. Là était le danger.

Lorsqu'elle revint dans la chambre, Leo n'était plus là, à son grand soulagement. Elle enfila une culotte et un soutien-gorge choisis parmi sa lingerie neuve. Non, elle avait beau apprécier sa compagnie, elle ne pouvait pas continuer ainsi.

Apprécier sa compagnie ? Un rire cynique lui échappa. C'était l'euphémisme du siècle. Leo dominait ses pensées comme seule une addiction savait le faire. Il lui suffisait d'apparaître pour que son cœur bondisse dans sa poitrine. Elle avait beau n'avoir jamais été amoureuse, cela ne signifiait pas qu'elle était immunisée. Était-ce ce qui lui arrivait ? Si oui, alors le piège était en train de se refermer sur elle. Donner libre cours à ses sentiments, c'était se rendre vulnérable. Elle rejoindrait alors les rangs de ces idiotes qui pleuraient dans leur oreiller pour avoir cru un homme capable de changer. Leo avait été très clair sur ses termes, et elle les avait acceptés. D'ailleurs, s'il sentait qu'elle commençait à vouloir plus, il romprait le premier.

Marnie prit une grande inspiration. Elle l'accompagnerait au mariage, comme prévu. Elle lui offrirait le soutien dont il avait besoin face à son père. Et ensuite…

Elle enfila un jean et un T-shirt.

Ensuite, elle disparaîtrait de sa vie. C'était aussi simple que cela.

Elle s'en irait avant d'être poussée vers la sortie.

11.

La villa Kanonidou se dressait devant eux, monolithe colossal dominant les terres alentour. Leo frémit de dégoût. Il n'y avait plus remis les pieds depuis le jour où il l'avait quittée, sac au dos, sous le regard dépité de sa belle-mère voyant sa proie lui échapper. Marnie posa une main réconfortante sur son bras, comme si elle devinait son état d'esprit. Avait-elle la moindre idée de l'effet que ce simple geste avait sur lui ? Du pouvoir qu'elle avait parfois de chasser les ténèbres enveloppant son cœur ? Elle contempla le manoir avec des yeux écarquillés.

— C'est chez toi ? questionna-t-elle.

Il secoua la tête.

— Non. C'est ici que j'ai grandi et vécu jusqu'à mes seize ans, corrigea-t-il amèrement. Ça te plaît ?

— Franchement ?

— Est-ce qu'il t'arrive de ne pas être franche, Marnie ?

— Eh bien, disons que je ne me verrais pas vivre ici, chuchota-t-elle. On dirait un musée !

Leo sonna à la porte et patienta. Aucun comité d'accueil ne l'attendait, pas même son père. C'est une gouvernante qui vint leur ouvrir, qu'il ne connaissait pas. Elle les étudia d'un regard acéré avant de se décider à les faire entrer.

— *Kyrios* Kanonidou effectue quelques ajustements de dernière minute avant la cérémonie. Il souhaite que vous vous joigniez à lui pour un verre sur la terrasse est, annonça-t-elle froidement. Si vous voulez bien me suivre...

Vos bagages seront montés directement dans votre chambre. Un domestique vous y conduira tout à l'heure.

Leo faillit répliquer qu'il n'avait nul besoin qu'on lui indique le chemin, puis se rappela qu'il n'était qu'un invité. Pourquoi agir en maître des lieux alors qu'il détestait cet endroit avec lequel il avait coupé tout lien ? Du reste, beaucoup de choses avaient changé, nota-t-il alors qu'ils bifurquaient dans un long couloir. Le chemin était familier, mais le décor méconnaissable. Toute trace de son enfance avait été effacée. À croire qu'il n'avait jamais vécu là. D'une certaine façon, cette rupture définitive avec le passé était libératrice. C'est néanmoins avec soulagement qu'il retrouva l'extérieur. La terrasse dallée était baignée de soleil, agrémentée de citronniers luxuriants plantés dans de larges pots. Une balustrade blanche encadrait la mer turquoise, ouverte sur des marches menant tout droit à une plage de sable blanc.

— Waouh, quelle vue ! s'exclama Marnie, ses longs cheveux blonds balayés par la brise.

En l'observant, Leo se remémorait leur première rencontre. Elle, blessée sur le sable, sur la défensive. Ses yeux d'étain et ses courbes divines l'avaient séduit au point de le conduire à l'étreinte la plus mémorable de sa vie. Qui aurait cru qu'il l'amènerait ici un jour et qu'elle contemplerait la plage où il allait nager tous les matins autrefois ? Il n'y avait qu'avec elle qu'il s'était jamais senti aussi à l'aise.

— Prête à rencontrer mon père ?

— Je crois, dit-elle en lissant sa jupe. Est-il vraiment si intimidant ?

— À toi d'en juger, souffla-t-il.

Stavros venait d'apparaître sur la terrasse, suivi d'un cortège de domestiques portant des plateaux de boissons et de canapés. Cela faisait un an que Leo n'avait pas vu son père. S'il paraissait un peu plus frêle, il se déplaçait toujours avec prestance, la posture rigide, resplendissant dans un smoking gris perle orné d'une fleur blanche à la boutonnière. Mais Leo remarqua pour la première fois des rides profondes, dues aux excès plus qu'à l'âge, qui ravageaient son visage autrefois digne en un pastiche de ce qu'il avait été. Le regard froid dont il gratifia son fils contrastait avec le sourire exagérément courtois scotché sur ses lèvres.

— Leonidas ! Je craignais que tu n'arrives pas à temps, lança-t-il en anglais en s'avançant à leur rencontre.

— Je t'avais dit que je serais là, répondit Leo, laconique. Je te présente Marnie. Marnie Porter. Je t'ai parlé d'elle, tu te souviens ?

— Ah oui, la coiffeuse.

L'octogénaire plissa les yeux.

— C'est donc à votre travail que nous devons d'avoir été privés de votre compagnie hier soir, mademoiselle Porter ? J'admire votre conscience professionnelle. Mon fils aussi, sans doute. Vous êtes la première de ses petites amies qu'il me présente.

Stavros l'asticotait volontairement, et Leo se demanda comment elle allait réagir. Mais il en fallait plus pour la déstabiliser. Elle lui serra la main, tout sourire.

— Ravie de faire votre connaissance, *kyrios* Kanonidou. Merci de m'accueillir dans votre magnifique demeure, dit-elle poliment. Mais vous et votre fils devez avoir beaucoup de choses à vous dire. Je vous laisse entre vous.

Par souci de tact, elle s'éloigna à l'autre bout de la terrasse, où elle fit mine d'admirer la mer.

Leo ignorait ce qu'il attendait de ces retrouvailles, mais certainement pas la discussion insipide qui suivit. Son père parlait dans un grec volubile, tantôt fébrile, tantôt sec, presque agressif. Peut-être la réalité d'un mariage avec une femme si jeune perdait-elle de son charme à mesure que la cérémonie approchait. Sa fiancée était-elle plus exigeante qu'il ne l'avait anticipé ? L'histoire allait-elle cruellement se répéter avec une nouvelle épouse infidèle ? Alors que l'échange touchait à sa fin, la méfiance initiale de Leo se mua en une colère sourde.

Son père s'en alla, entouré de sa suite, et Marnie vint le rejoindre. Si cela ne tenait qu'à lui, il claquerait la porte sur-le-champ. Un yacht luxueux les attendait dans la marina de Phoinikas pour les emmener à sa villa, sur la côte de Thessalonique. Au fond, qu'est-ce qui l'en empêchait, sinon un sens du devoir filial que rien ne justifiait ? Mais il avait promis d'assister à la cérémonie. C'était donc ce qu'il ferait, même s'il lui en coûtait.

— Alors ? Comment ça s'est passé ? s'enquit Marnie.

— Pas maintenant. Nous en parlerons plus tard.

La jeune femme se rembrunit, visiblement blessée par sa rebuffade. Ce n'en était pas une. Un domestique venait d'apparaître pour les conduire à leur chambre.

Ils n'avaient que peu de temps pour se préparer. Sitôt changé, Leo attendit Marnie près de la fenêtre. La vue ne fit rien pour améliorer son humeur. À ses pieds se dressait une arche de mariage devant d'innombrables rangées de chaises avec la mer en toile de fond. De longues tables recouvertes de nappes immaculées croulaient sous l'argenterie et les multiples verres en cristal. À l'autre extrémité de la terrasse, une piste de danse avait été érigée, complétée par un dais sans doute destiné à abriter les musiciens. Et toutes ces fleurs… Il y en avait partout ! Leo n'en avait jamais vu autant concentrées au même endroit. Un petit bouquet avait même été posé sur chaque chaise à l'attention des invités, qui commençaient à affluer parés de leurs plus beaux atours.

Un bruit derrière lui le fit se retourner. Les battements de son cœur s'accélérèrent à la vue de Marnie. La transformation était spectaculaire. Elle irradiait de jeunesse et de fraîcheur dans une robe longue toute simple d'un bleu plus profond que le ciel de Grèce, qui épousait ses courbes féminines et faisait ressortir le blond pâle de ses cheveux. Quelque chose remua en lui. Il s'était attendu à tout sauf à cela.

La jeune femme le scruta avec l'air de jauger sa réaction.

— Je sais, ce n'est pas ce qui était prévu…

— Tourne sur toi-même.

Elle s'exécuta nerveusement. Lui en voulait-il de ne pas avoir mis le cadeau qu'il lui avait fait ?

— Où est passée la robe rouge que tu étais censée porter ?

— Ça t'ennuie ? Tu aurais préféré l'autre ?

— Pourquoi veux-tu que ça m'ennuie ? objecta Leo. Tu es absolument sublime. Tu le sais bien.

Sublime ? Peut-être pas. Tout ce qu'elle savait était qu'elle se sentait davantage elle-même. Les vêtements choisis par son styliste étaient tous parfaits. Mais la robe rouge… C'était un peu trop pour elle. Trop moulante, trop provocante. Quand elle s'était vue dans le miroir, sa gorge s'était nouée. Elle ressemblait à sa mère. Sauf qu'elle ne pouvait pas expliquer cela à Leo. La tête qu'il ferait s'il savait ! Elle ne serait sans doute même pas là ce soir.

Le lendemain à la pause déjeuner, elle s'était éclipsée avec Hayley afin d'acheter autre chose. Une tenue en adéquation avec un salaire de coiffeuse. C'était Hayley qui l'avait encouragée à faire preuve d'un peu plus d'audace. Mais au moins elle n'avait plus l'air d'une femme entretenue par son riche amant. Ce n'était pas le souvenir qu'elle voulait laisser à Leo. N'avait-elle pas pris sa décision ? Ce week-end serait leur chant du cygne. À leur retour à Londres, elle s'en irait la tête haute. Même si la perspective de le quitter lui brisait le cœur…

— Quelque chose ne va pas ? Tu es toute pâle, remarqua Leo.

Marnie éprouva une pointe de culpabilité. Quel intérêt de venir jusqu'ici si c'était pour gâcher la soirée avec ses doutes sur l'avenir ?

— Il faut croire que rencontrer ton père était plus stressant que je ne le pensais, prétexta-t-elle. Et que vais-je bien pouvoir dire à la mariée ? Tu te rends compte qu'elle est plus jeune que moi ?

— J'essaye de ne pas y penser, répondit-il avec une ironie teintée de cynisme. Ne t'inquiète pas, Marnie. Sois simplement toi-même.

Elle-même ? Plus facile à dire qu'à faire. Elle n'était plus sûre de savoir qui elle était. Sous sa robe, la lingerie achetée par Leo valait sans doute à elle seule plus d'un mois de son salaire. Mais, pour être honnête, elle aimait la sensation de la soie haut de gamme sur sa peau. Cela allait lui faire bizarre de retourner à une vie normale après leur séparation. D'ici là…

Leo l'attira dans ses bras pour presser un baiser sur ses lèvres. Ses mains se refermèrent sur ses fesses, et le désir submergea Marnie. Leo devait ressentir la même chose car il resserra son étreinte. Son souffle tiède balaya ses lèvres lorsqu'il murmura d'un ton complice :

— Si seulement on pouvait faire « avance rapide » sur les prochaines heures… Je connais une bien meilleure façon de profiter d'un week-end en Grèce.

— En visitant des temples antiques, par exemple ? plaisanta-t-elle.

— Ou une chambre d'hôtel. Mais cela attendra. Viens, c'est l'heure.

Il lui prit la main et l'entraîna à travers le dédale qu'était la villa Kanonidou. Marnie s'étonna de cette démonstration tactile. Cela ne voulait rien dire, se persuada-t-elle. Sans doute était-ce parce qu'il n'y avait personne pour les voir. Mais tout le reste s'effaça, tant les hautes colonnes que les plafonds richement décorés de fresques soulignant les proportions vertigineuses de la demeure. Seul existait ce geste possessif qui la marquait comme la petite amie de Leo.

Ce qu'elle n'était pas.

Redescends sur Terre, ma vieille ! Leur relation n'avait jamais eu vocation à durer. Ce n'était qu'une passade. Bientôt, elle se terminerait et chacun reprendrait sa vie de son côté.

À leur entrée sur la terrasse, un brouhaha de conversations les assaillit. Les gens convergèrent aussitôt vers eux. Ou plutôt, vers Leo. Lorsqu'il lâcha sa main, Marnie eut l'impression d'avoir perdu son unique repère. La panique l'envahit. Il y avait bien plus que juste une « poignée de proches » ! Elle dérivait seule et sans bouée dans un océan d'inconnus. Mais elle se força à sourire en hochant la tête comme si elle comprenait, bien que tout le monde parlât en grec.

Soudain, Leo réapparut à ses côtés, le regard empreint d'une rage froide.

— On se croirait au cirque, siffla-t-il en glissant un bras autour de sa taille. Je ne sais pas ce qui me retient de partir maintenant…

— Tu as promis. Viens, allons nous asseoir.

Le parfum des fleurs était si capiteux qu'il en devenait écœurant. Alors qu'ils se dirigeaient vers leurs chaises, Marnie vit les têtes se tourner sur leur passage. Il faut dire que Leo était à tomber avec ses yeux plus bleus que la mer et son teint doré par le soleil couchant. Se demandait-on pourquoi il était venu avec cette Anglaise insignifiante, alors que tant de sublimes jeunes femmes présentes rêvaient d'être l'objet de ses attentions ?

À peine s'asseyaient-ils qu'un silence tomba sur l'assemblée. Comme les autres, Marnie tourna la tête pour voir Stavros sortir du manoir. Sous un tonnerre d'acclamations, il s'avança vers l'arche d'un pas rapide. *Trop* rapide. C'est tout juste s'il ne courait pas. Sans doute une façon de suggérer qu'il était toujours en excellente condition physique malgré son âge. La scène était assez triste à voir.

La mariée arriva en retard, comme il se devait, vêtue

d'une robe de satin blanc dos-nu, au décolleté plongeant et fendue haut sur la cuisse, clairement dessinée pour mettre en avant son corps de mannequin. Malgré sa jeunesse, elle semblait déjà avoir eu recours à la chirurgie esthétique. Ou alors, elle faisait une sérieuse allergie à son rouge à lèvres…

Marnie avait assisté à plusieurs mariages d'un goût douteux dans sa vie. Mais celui-ci décrochait la timbale. Son cœur vola vers Leo lorsque son père embrassa sa nouvelle épouse bien plus fougueusement que nécessaire. Un homme aux cheveux lui descendant jusqu'à la taille, qui ne cessait de reluquer la mariée depuis le début, se percha sur un tabouret et entonna une chanson d'amour, à peine reconnaissable tant il chantait faux.

Enfin, la cérémonie s'acheva, au soulagement de Marnie. Le couple se tourna vers l'assemblée et remonta lentement l'allée centrale, bras dessus bras dessous, sous une pluie de pétales de rose. Les musiciens commencèrent à jouer tandis que des coupes de champagne étaient servies à la ronde. Leo se tenait très raide à ses côtés, la mâchoire serrée.

— Tout va bien ? s'enquit-elle avec inquiétude.

— Disons que ce n'est pas l'expérience la plus plaisante de ma vie. Dieu merci, c'est terminé. Que dirais-tu de boire un verre pour fêter ça ?

Il lui tendit une coupe. Mais le champagne avait un goût de vinaigre et elle la vida discrètement dans un pot de fleurs sans que personne ne la voie. Sauf Leo. Lorsqu'elle tourna la tête, son regard fixé sur elle la ramena instantanément dans le passé, dans ce foyer où on l'obligeait à finir tous ses épinards en la surveillant pendant qu'elle mangeait, même si cela la faisait vomir. Une fois, elle avait été surprise en train de les cacher dans son mouchoir. Cela lui avait valu des coups de baguette sur les mains. Les marques rouges avaient mis des jours à disparaître. Elle se mordit la lèvre, mortifiée.

— Je ne voulais pas…

— Ne t'en fais pas, dit-il avec un sourire. Je suis d'accord, le champagne laisse à désirer. Je me demande si c'est ma nouvelle belle-mère qui l'a choisi. Une femme de goût, n'est-ce pas ?

Elle suivit son regard vers la piste de danse, où les mariés avaient ouvert le bal. La jeune femme se pavanait en s'exhibant, oublieuse de son mari qui se dandinait gauchement à ses côtés. Le spectacle était horriblement gênant. Quand débuta le morceau suivant, d'autres couples se joignirent à eux sur la piste. Leo retira sa coupe d'entre les doigts de Marnie pour y glisser sa main à la place.

— M'accorderas-tu cette danse, Marnie ?

Elle se laissa entraîner parmi les autres danseurs. Quelque chose avait changé dans la contenance de Leo. Il semblait plus ombrageux, comme si une chape invisible s'était abattue sur ses épaules. Elle revit la façon dont ses traits s'étaient durcis durant sa conversation avec son père, plus tôt sur la terrasse.

— Que t'a dit Stavros tout à l'heure ? l'interrogea-t-elle pour la seconde fois.

Il y eut un silence, si long qu'elle se demanda s'il n'avait pas entendu sa question ou s'il l'ignorait délibérément. Une note d'acier sous-tendait sa voix lorsqu'il se décida à répondre :

— Il m'a remercié d'être venu en m'expliquant que c'était important. Que ma présence consolidait son image de père et marquait mon approbation tacite à son mariage. Il se félicite aussi de ma réussite puisque toute sa fortune ira à sa femme et sa famille, apparemment aussi nombreuse qu'indigente. Oh ! et à mes deux demi-frères, qui n'ont jamais levé le petit doigt de toute leur vie.

— Oh ! Leo…

Il secoua la tête.

— Je n'ai pas besoin de ta pitié, murmura-t-il en l'enlaçant. Je me fiche de son argent. Je n'en ai jamais voulu.

J'ignore pourquoi il s'est donné tant de mal pour me faire venir si sa seule intention était de m'informer des termes de son testament.

— Peut-être ta présence représente-t-elle plus pour lui qu'il ne veut bien le dire, avança Marnie. Il ne sait juste pas comment l'exprimer.

— S'il te plaît, pas de sentimentalisme avec moi.

— Crois-moi, je suis la dernière personne qu'on puisse accuser d'être sentimentale.

Mais force lui était de reconnaître que certains de ses préjugés prenaient du plomb dans l'aile. C'était étrange… Elle avait toujours envié les gens avec de l'argent. Et plus encore ces autres enfants qui avaient des parents, ensemble ou non, car même séparés ou divorcés, ces derniers continuaient à être là pour eux. Mais Leo avait grandi dans une ambiance familiale toxique et, même après toutes ces années, rien n'avait changé.

Au fond, n'avait-elle pas secrètement espéré qu'il se réconcilie avec son père ? Cela aurait peut-être contribué à dégeler son cœur. Et après ? S'attendait-elle à ce qu'il comprenne comme par magie que leur relation signifiait plus que ce qu'ils avaient convenu au début ? À ce stade, ce n'était plus de l'optimisme, mais de l'aveuglement !

Cette danse qu'ils partageaient avait quelque chose de poignant, car c'était leur première et sans doute leur dernière. Il la serra plus étroitement entre ses bras. Du coin de l'œil, elle remarqua que de nombreux autres invités les observaient, avant de s'abandonner pleinement à l'instant présent. Leurs corps s'imbriquaient à la perfection malgré leur différence de taille, comme s'ils ne formaient plus qu'un. Son cœur se serra. Leo allait lui manquer. Parviendrait-elle à l'oublier un jour ? Ou au moins à tourner la page ? Comment avait-elle pu être assez naïve pour croire que laisser Leo l'initier au sexe l'aiderait dans ses relations futures ? La simple idée d'être avec un autre homme la rendait malade.

— Veux-tu aller circuler parmi les gens ? proposa-t-elle.

Leur danse devenait dangereusement lascive. Elle avait la peau en feu et ses seins palpitaient, lourds contre son torse. La tension entre ses cuisses grandissait de seconde en seconde.

— Non, Marnie, souffla-t-il d'une voix enrouée. Tu es tout ce que je désire.

C'était la vérité. Leo la désirait dans le sens le plus primitif du terme, à tel point qu'il osait à peine bouger. Ses courbes sensuelles écrasées contre lui alliées à son délicat parfum affolaient ses sens. Incapable de résister, il lui effleura le dos du bout des doigts et la sentit frissonner. Son excitation grandit, comme si c'était sa peau nue qu'il caressait. Ses tétons pointaient à travers l'étroit bustier. Il enfouit le visage dans ses cheveux, submergé par une sensation si intense qu'elle lui donnait le vertige.

Marnie était une femme à part. Elle ne jouait pas la comédie pour l'impressionner. Elle se moquait de son argent et travaillait dur pour subvenir à ses besoins. Si elle était ici, c'était parce qu'elle en avait envie, pas pour être vue avec lui. N'avait-elle pas eu un mouvement de recul instinctif en découvrant l'assemblée beaucoup plus nombreuse que prévu ? Son statut de milliardaire lui était complètement égal. Elle le lui avait prouvé à maintes reprises. Se pouvait-il que *cette* femme entre toutes, la plus improbable des candidates, soit celle qui lui fasse réévaluer ce à quoi il aspirait vraiment dans la vie ?

— Marnie, murmura-t-il.

— Hum ?

Elle leva vers lui ses grands yeux gris. Sa bouche était absolument irrésistible. Oubliant le regard des autres et sa réserve habituelle en public, il captura ses lèvres. Le temps se suspendit comme leurs langues entamaient un sulfureux ballet. Les soupirs de la jeune femme se mêlaient à ses propres grognements de plaisir. Ce baiser était le plus délicieux qu'ils aient jamais échangé. Le mieux serait d'en rester là et attendre une occasion de s'éclipser dans leur chambre. Mais son self-control légendaire n'était pas au rendez-vous, ce soir. Comment faisait-elle cela ? Avec elle, toutes ses certitudes s'envolaient en poussière. Il se sentait galvanisé par une énergie mystérieuse qu'il n'avait jamais ressentie avant. Un mélange d'exaltation et de sérénité, le tout pimenté d'un désir insatiable. Le sentiment d'avoir enfin trouvé sa place. Son vrai chez lui. Pas un manoir labyrinthique où il avait grandi dans la solitude, ni une énième villa de luxe dans un décor paradisiaque, mais un sanctuaire, défini non pas par quatre murs et un toit, mais par la femme qu'il embrassait en cet instant.

S'il avait été moins captivé, peut-être aurait-il remarqué la silhouette furtive évoluant aux abords de la piste de danse. Mais il ne vit rien. Les gens avaient cessé d'exister, tous sauf l'ensorcelante créature entre ses bras.

12.

Marnie fixait son portable avec un mauvais pressentiment. Quelque chose clochait. L'écran affichait des dizaines d'appels manqués, la plupart provenant de numéros inconnus, mais aussi plusieurs de Pansy. Bizarre. Sa sœur n'appelait jamais si tôt le matin. Elle s'assit contre l'oreiller et repoussa ses cheveux en arrière. Malgré ces appels alarmants, ses pensées dérivaient déjà dans une autre direction, vers quelqu'un en particulier.

Leo.

Un soupir de contentement passa ses lèvres. Il s'était envolé à l'aube pour Paris dans son jet privé, et elle avait dû se rendormir après son départ. Mais son baiser possessif au moment de s'en aller avait mis son cœur dans tous ses états. Surtout après le week-end enchanteur qu'ils venaient de passer en Grèce.

Ils n'étaient rentrés que tard la veille, ayant quitté la villa Kanonidou sitôt après le mariage – Dieu merci ! – pour prendre un yacht jusqu'à Thessalonique. Marnie avait adoré la nouvelle propriété de Leo. Sa localisation idéale au bord de la mer était son seul point commun avec la froide demeure où Leo avait grandi. Ses vastes pièces inondées de lumière n'auraient pu contraster davantage avec le manoir laissé derrière eux.

Sous le doux soleil d'octobre, ils avaient pique-niqué sur la plage et s'étaient baignés longuement dans la mer. Marnie avait fait de la voile pour la première fois de sa vie. Contre toute attente, cela lui avait plu. Il est vrai que Leo était un excellent professeur, d'une patience infinie. Son plus beau souvenir restait leur bain de minuit dans l'immense piscine à débordement, avec pour seul témoin la lune jetant sur l'eau ses reflets argentés. Et puis, ils avaient fait l'amour. Ils n'avaient pour ainsi dire fait que cela.

Marnie se laissa aller contre l'oreiller, un sourire béat aux lèvres. À certains moments, Leo s'était même montré…

Aimant ?

Non, elle se faisait des idées. Mais son comportement avait bel et bien changé. C'est tout juste s'il ne s'était pas jeté sur elle sur la piste de danse au mariage ! Et cela ne s'arrêtait pas là. Elle n'aurait su mettre le doigt sur ce dont il s'agissait exactement, mais son attitude l'avait fait réfléchir. Pourquoi rompre maintenant ? Il lui suffisait de garder ses émotions sous contrôle, et n'avait-elle pas des années de pratique derrière elle ? Tant qu'ils restaient discrets à présent qu'ils étaient de retour à Londres, rien ne les empêchait de prolonger encore un peu le plaisir.

Elle baissa les yeux sur son portable. Mais, avant qu'elle n'ait le temps d'appuyer sur la touche « appel », il vibra en affichant une icône de Pansy faisant la moue. Marnie décrocha aussitôt.

— Salut ! lança-t-elle d'un ton enjoué.

— As-tu vu l'édition du *Daily View* en ligne ? demanda Pansy de but en blanc.

— Tu sais bien que je ne lis pas les tabloïds.

— Eh bien, tu devrais. Surtout celui-là, répliqua sa sœur. Quand tu auras fini, rappelle-moi. Une de tes collègues du salon a publié le lien de l'article sur les réseaux sociaux et il a déjà rassemblé des centaines de « like » !

Pansy soupira au bout du fil.

— Oh ! Marnie… Dans quel pétrin t'es-tu fourrée ? Je savais bien que cette histoire avec Leo Kanonidou finirait mal. Lui en as-tu parlé ?

— Parlé de quoi ?

— De maman.

Marnie sentit une sueur froide perler entre ses omoplates.

— Non, murmura-t-elle. Jamais.

— Pourquoi ? s'exclama Pansy. Quand vas-tu te rentrer dans la tête que ça n'a rien à voir avec toi ?

— Il n'a pas besoin de savoir, répondit Marnie d'une voix blanche.

Pansy eut un rire sans joie.

— C'est un peu tard pour ça. Il sera bientôt au courant, s'il ne l'est pas déjà.

Paniquée, Marnie raccrocha et se rua dans le salon, où elle alluma son ordinateur portable. Elle chercha la version gratuite en ligne du *Daily View* qui, apprit-elle, bénéficiait d'une des plus larges diffusions au monde. En quelques clics, elle avait trouvé l'article. Et pour cause, il faisait la une ! Le sang reflua de ses joues. Sous ses yeux s'étalait une photo en couleur d'elle et Leo dansant au mariage de son père. Sauf que « danser » décrivait mal ce que l'objectif avait capturé. Ils étaient littéralement collés l'un à l'autre ! L'article citait des témoignages d'invités racontant combien ils étaient « proches », le tout illustré de clichés pris à la sauvette sur des téléphones portables. C'était un cauchemar. Mais le pire était le titre :

Le fils vole la vedette à son père !

Le cœur de Marnie se tordit à la lecture de l'article :

Alors que le magnat du transport maritime Stavros Kanonidou, quatre-vingt-cinq ans, épousait sa dernière très jeune fiancée en date, c'est son fils Leonidas, trente-trois ans, qui s'est retrouvé sous le feu des projecteurs. Le milliardaire grec semblerait avoir raccroché sa carrière de play-boy, à en juger par sa proximité très tactile avec sa partenaire sur la piste de danse.

Qui est Marnie Porter, la mystérieuse jeune femme en question, coiffeuse anglaise résidant à Londres ? Comment a-t-elle mis le grappin sur l'un des célibataires les plus convoités au monde ?

Si vous possédez la moindre information, appelez ce numéro (récompense à la clé).

Marnie en était malade. Une chance qu'elle fût assise, car ses jambes ne l'auraient pas soutenue. Son téléphone se remit à vibrer – un autre numéro inconnu. Un journaliste ? Elle préférait ne pas le savoir. Alors qu'elle mettait l'appareil en silencieux, une domestique entra avec une tasse de café noir. Mais, quand elle lui proposa un petit déjeuner, Marnie déclina. La seule pensée de manger quelque chose lui donnait la nausée.

L'ironie était cruelle. Juste au moment où elle commençait à s'habituer à cette vie de domestiques, de jets privés et de yachts de luxe, elle lui était arrachée. Non qu'elle se souciât de ces privilèges. C'était Leo et lui seul qui importait. Elle devait lui parler. Lui avouer la vérité avant qu'il ne l'apprenne de quelqu'un d'autre.

Il ne décrocha pas lorsqu'elle téléphona une première fois. Ni au deuxième appel. Ni aux suivants. Au bout d'une heure, elle se résigna à lui envoyer un texto.

S'il te plaît, rappelle-moi. C'est urgent.

Silence radio. Marnie se mit à faire les cent pas dans le vaste appartement tel un lion en cage. Elle se posta à la fenêtre, indifférente aux saisissantes couleurs automnales qui embrasaient le parc à ses pieds. Passé midi, elle se rappela qu'elle n'avait même pas encore pris sa douche. Elle sortait de la salle de bains, une serviette enroulée autour de sa poitrine, quand une clé tourna dans la serrure. Tout son être se pétrifia. Comment réagir dans pareille situation ? Devait-elle l'appeler pour lui signaler où elle était ?

Ce ne fut pas nécessaire. Ses pas résonnèrent dans le couloir. L'instant d'après, il entrait dans la chambre en desserrant sa cravate. Son regard froid se posa sur elle, et elle se rappela comment il lui avait fait l'amour le matin même, aux toutes premières lueurs de l'aube. Son instinct lui soufflait que cela n'arriverait plus.

— Habille-toi et rejoins-moi dans mon bureau, intima-t-il sèchement.

Ce qui posait un nouveau dilemme à Marnie : que mettre ? L'armoire débordait des tenues chics qu'il lui avait achetées. Mais elle ne pouvait décemment pas porter l'une d'elles maintenant. Minuit avait sonné, il était temps de retrouver ses haillons. Elle enfila donc un vieux pantalon de jogging et un T-shirt large. La grimace dédaigneuse de Leo lorsqu'elle entra dans son bureau lui vrilla la poitrine.

— Assieds-toi, ordonna-t-il en désignant le sofa en cuir.

Sofa sur lequel ils s'étaient étreints avec passion, un dimanche après-midi pluvieux.

— Non, merci. Je préfère rester debout.

Elle avait l'habitude de ce genre de réprimande. Leo recourait aux mêmes techniques que les assistantes sociales de son adolescence : la placer en position d'infériorité pendant qu'il menait l'interrogatoire, comme si elle lui était soumise. Et n'était-ce pas le cas ? Comment avait-elle pu s'imaginer une seule seconde qu'elle était son égale ?

Le silence se prolongea. Leo fixait d'un air captivé un presse-papiers contenant un coquillage iridescent, comme s'il le voyait pour la première fois. Enfin, il se décida à lever les yeux sur elle. Des yeux plus bleus que l'océan dans lesquels il était si facile de se noyer.

— Par où commencer ? énonça-t-il d'une voix tendue.

— À toi de me le dire, répondit-elle. Es-tu au courant pour ma mère ? Sais-tu qu'elle se prostituait ?

— Oui.

Elle hocha la tête. Était-ce un journaliste qui lui avait transmis ce scoop ? Ou Leo avait-il chargé quelqu'un d'enquêter sur son passé ? Peu importait. Elle s'était toujours demandé ce que cela ferait d'en parler ouvertement. D'exhumer au grand jour ce secret honteux enfoui en elle. Ce qu'elle s'apprêtait à dire mettrait un terme définitif à son chapitre avec Leo, elle le savait. Mais c'était aussi un soulagement d'enfin se décharger du fardeau qu'elle portait depuis si longtemps.

— Veux-tu savoir pourquoi ?

— Pas vraiment.

Alors cela ne l'intéressait même pas de connaître le fin mot de l'histoire ? L'indifférence de Leo lui fit mal. Une autre blessure à ajouter à la longue liste de celles qu'elle avait reçues dans sa vie.

— Eh bien, je vais te le dire quand même, répliqua-t-elle avec une soudaine véhémence.

Peut-être se faisait-elle l'avocat du diable, mais elle se devait de défendre sa mère.

— Elle était originaire du nord de l'Angleterre, où elle a eu une enfance difficile, commença-t-elle. Son père buvait et battait sa mère. Il la battait elle aussi, et peut-être même qu'il…

Sa voix mourut. Ce secret-là était trop lourd pour être exprimé à voix haute, même maintenant. Elle entendait encore les assistantes sociales en parler à demi-mot, trop débordées pour savoir comment s'y prendre avec deux fillettes perdues et pleines de colère.

— Bref, elle a fugué à Londres et s'est liée avec des gens sans scrupule. Une histoire tristement banale. Elle n'avait personne sur qui compter et ignorait où demander de l'aide. Elle est tombée enceinte d'un de ses clients.

Les mots se bousculaient sur ses lèvres, à présent. Mais l'expérience lui avait appris à contenir ses larmes.

— Pansy et moi devrions lui être reconnaissantes de nous avoir gardées, j'imagine.

Elle leva le menton, consciente que sa voix tremblait. Face au silence de Leo, elle poursuivit d'elle-même :

— Je t'ai dit que j'avais tout oublié de ma petite enfance, mais c'est faux. Je me souviens que nous ne devions pas faire de bruit quand elle avait un client. Et aussi que nous entendions tout depuis la chambre à l'étage où nous étions confinées.

Elle fit la grimace.

— C'est sans doute ce qui m'a dégoûtée du sexe si longtemps. J'inventais des petits jeux à voix basse pour distraire Pansy. Bien sûr, on gardait toujours la porte fermée à clé. Et puis, il y avait aussi quelques bons moments. Quand…

De nouveau, sa voix fléchit.

— Quand la nuit avait été bonne, le lendemain, maman nous emmenait acheter un gâteau à l'épicerie du coin. Celui à la cerise était notre préféré.

— Continue, ordonna Leo entre ses dents.

Une boule s'était formée dans la gorge de Marnie. Elle avait l'impression de manquer d'air.

— Un jour, elle a attrapé une grave pneumonie. Tout est allé très vite. Les services sociaux nous ont prises en charge pendant que maman était à l'hôpital. Puis on nous a annoncé qu'elle était morte, et c'était comme si elle n'avait jamais existé.

— Vous n'êtes pas allées aux funérailles ? demanda Leo comme si ce détail importait plus que le reste.

Peut-être à cause du secret qui avait entouré la mort de sa propre mère. Marnie haussa les épaules.

— Non. Les choses se passaient différemment à l'époque. Tu es bien placé pour le savoir. Ils se sont dit que ce serait mieux pour nous de tourner la page au plus vite. C'est ce qu'on a fait. On a été envoyées en foyer et, de là, dans diverses familles d'accueil. Mais personne ne voulait nous adopter.

— Pourquoi ?

— On était trop abîmées par la vie. Trop méfiantes et repliées sur nous-mêmes, impossibles à gérer. Ils ont bien essayé de nous séparer, mais je les en ai toujours empêchés.

Ses genoux menaçaient de se dérober sous elle. Elle regrettait presque d'avoir refusé de s'asseoir. Mais cela conférerait à Leo un avantage supplémentaire dont il n'avait nul besoin. Rester debout faciliterait sa sortie. Elle tenait à s'en aller avec dignité.

— Ne t'inquiète pas, Leo. Je sais que c'est terminé. Qui voudrait d'une petite amie avec un tel passé ?

Leo se leva de son fauteuil, le visage fermé au point de le rendre méconnaissable. Son regard était glacial, un regard qu'il ne lui avait jamais adressé avant.

— Nous n'en serions pas là si tu m'en avais parlé depuis le début, asséna-t-il.

— Oh ! vraiment ?

Elle eut un rire cynique.

— Et quand aurais-je dû te le dire ? Lors de notre premier rendez-vous ? Sur l'oreiller, un soir, après que tu m'as fait l'amour ? À quel moment de notre relation aurais-je dû t'en parler, Leo ?

— C'est bien ça le problème ! s'emporta-t-il. Tout ce temps, tu as fait semblant ! Tu m'as menti, Marnie, et je tolère tout sauf le mensonge.

Leo arracha sa cravate qu'il jeta de côté. Il avait la sensation d'étouffer. Les mots de Marnie l'avaient replongé droit dans son enfance, quand il surprenait sa mère à avaler des médicaments et qu'elle prétextait un simple mal de tête. Quand elle affirmait préférer sa nouvelle perruque à ses propres cheveux, même s'il n'avait compris que plus tard pourquoi ses abondantes boucles noires étaient tombées.

Elle n'avait pas donné une seule réponse honnête à ses questions, et il s'était senti écarté, comme s'il ne méritait pas de connaître la vérité. Comme s'il ne comptait pas assez. Ce sentiment dormait enfoui en lui, toujours prêt à rejaillir dès que quelqu'un se montrait délibérément malhonnête.

— Tu m'as caché la vérité, Marnie. Pour moi, c'est rédhibitoire.

Il la vit pâlir. Cette sentence irrévocable devrait suffire à leur permettre à tous les deux de sauver la face. Ils n'avaient pas besoin de se mettre davantage à nu. Ne serait-ce pas plus facile ainsi, pour elle comme pour lui ? Mais elle ne bougea pas. Elle leva le menton, fière et déterminée. Digne malgré sa petite taille et son apparence négligée.

— Tu sais ce qui est rédhibitoire pour moi ? Être utilisée, rétorqua-t-elle avec pugnacité.

Échanger des insultes était la dernière chose qu'il souhaitait. Mais il ne pouvait pas laisser passer une telle accusation.

— Moi, je t'ai utilisée ? De quelle façon ?

— Tu t'es servi de moi pour voler la vedette à ton père le jour de son mariage.

— Si tu crois toutes les sottises publiées en ligne…

— Je les crois parce que c'est la vérité, siffla-t-elle. J'étais là, je te rappelle. Tu as bien dû remarquer que tous les regards étaient braqués sur toi. Quelle meilleure revanche contre ton père qu'en accaparant l'attention à son propre mariage ? Tout ce que tu avais à faire était d'exhiber ta jeunesse et ta vitalité pour faire de l'ombre à un vieillard sur le déclin !

Elle prit une grande inspiration. Une veine pulsait sur sa tempe, à la lisière de ses cheveux blonds.

— Tu étais en colère contre lui, tu me l'as dit toi-même. Il t'a manipulé pour t'attirer à un mariage que tu désapprouvais. Tu n'es venu que parce que tu espérais une forme de réconciliation. Un échange à cœur ouvert qui n'a jamais eu lieu. Tu ne veux pas de sa fortune, mais sa décision de la léguer à d'autres t'a blessé, plus que tu ne veux bien l'admettre. C'est humain.

Elle se tut.

— Continue, Marnie. Pourquoi t'arrêter en si bon chemin ? Ça commençait juste à devenir intéressant, railla Leo.

Elle accusa le coup. Mais la fureur qui bouillonnait en lui l'emportait sur tout le reste, même le mal qu'il pouvait faire.

— Tu ne t'es pas soucié une seconde des répercussions sur moi, n'est-ce pas ? reprit-elle d'une voix sourde. Tu n'avais jamais été démonstratif avant. Tu ne me prenais pas la main, ni ne m'embrassais en public. Cette discrétion m'allait car je sentais bien que c'était dans ta nature. Puis d'un coup, sur la piste de danse, tu es devenu un autre homme. Je ne te reconnaissais plus !

— Moi non plus, murmura-t-il.

— Alors pourquoi, Leo ?

Cette question, il aurait préféré qu'elle ne la pose pas. Rien ne l'obligeait à répondre. Mais comment lui reprocher son manque de transparence s'il en faisait autant ?

— Parce que j'allais te proposer d'officialiser notre relation, répondit-il en veillant à ne trahir aucune émotion. Je croyais être tombé amoureux de toi.

Cette fois, c'était le coup de grâce. L'utilisation du passé indiquait clairement que ce n'était plus d'actualité. Marnie était trop fière pour pleurer devant lui… Mais, une fois de plus, il avait sous-estimé sa ténacité. Elle carra les épaules, comme si elle l'affrontait maintenant sur un ring de boxe.

— Ah, tout s'explique. Tu n'avais pas prévu de tomber amoureux, n'est-ce pas ? Ni de moi ni de qui que ce soit. Tu m'avais prévenue dès le début. Sauf qu'on ne contrôle pas ses sentiments. Parfois, ça vous tombe dessus quand on s'y attend le moins. Découvrir mon passé caché a dû être un tel soulagement ! Le prétexte rêvé pour te sortir de cette relation ! Tu m'accuses d'avoir abusé de ta confiance.

En réalité, je t'ai offert sur un plateau d'argent l'excuse dont tu avais besoin pour te défiler.

Elle relâcha un souffle haché.

Elle secoua la tête.

— Et tu sais quoi, Leo ? Je comprends. D'une certaine façon, je m'y attendais. Qui voudrait s'engager avec une femme comme moi ? Je ne suis pas assez bien. Tu crois que je ne le sais pas ? Mais ne fais pas comme si j'étais la seule à avoir menti par omission !

— Marnie…

— Non, l'interrompit-elle en s'essuyant les yeux d'un geste rageur. Comment oses-tu me reprocher d'avoir tu certains aspects de ma vie alors que tu as fait exactement pareil le jour de notre rencontre ? Tu m'as fait croire que tu travaillais sur des chantiers !

— Tu sais très bien pourquoi, grogna Leo.

— Oui, tu caches ton statut de milliardaire pour te prémunir contre les femmes vénales. C'est pour ça que tu gardes une vieille voiture partout où tu as une propriété. Tu avais tes raisons, Leo, tout comme moi. Les tiennes sont-elles plus valables parce que tu es riche et puissant ?

— Tu déformes la situation…

— Non, je te livre mon ressenti. Mais ne t'inquiète pas, j'ai compris le message. Tout est fini. D'ailleurs, ça n'aurait jamais dû commencer.

Elle se dirigea vers la porte. D'instinct, Leo fit un pas vers elle.

— Où vas-tu ?

— Ça ne te regarde pas.

— Si tu es harcelée par les journalistes à cause de notre liaison, alors si, ça me regarde.

— Je vis à Acton, rappela-t-elle avec un rire frôlant l'hystérie. Personne ne le sait, car personne n'en a rien à faire, de moi !

Leo perdit patience.

— Ne sois pas naïve, Marnie. Les tabloïds n'auront aucun mal à découvrir ton adresse. Si tu utilises les transports publics, tu deviendras leur cible. Je te laisse mon chauffeur à disposition et un de mes hommes gardera un œil sur toi. Je mettrai aussi une carte de crédit à ton nom. Libre à toi de l'utiliser comme bon te semble.

La jeune femme le fixa d'un air incrédule.

— As-tu écouté un seul mot de ce que je viens de dire ? s'exclama-t-elle. Tu crois que l'argent est la réponse à tout ? Que tu peux payer pour la solution qui t'arrange quand les choses deviennent compliquées ? Je ne veux pas de ta carte de crédit, Leo. Ni de ton chauffeur, encore moins d'un fichu garde du corps !

Et elle s'en alla en claquant la porte, laissant Leo seul avec lui-même.

13.

Disparaître se révéla plus facile que prévu. Marnie avait passé sa vie dans la crainte diffuse de ce que l'avenir lui réservait. Elle économisait depuis longtemps en prévision d'un hypothétique coup dur, de sorte qu'elle avait désormais assez de côté pour y faire face. Et le coup dur avait fini par arriver.

En compagnie de sa sœur, elle avait quitté Londres à la sauvette aux premières heures de la matinée. C'était Pansy qui conduisait. Une voiture plutôt luxueuse, empruntée à un « ami », avait-elle expliqué sans toutefois dévoiler son identité.

— Je te le dirai plus tard…

Le salon de coiffure lui avait accordé tout le temps nécessaire. Dans l'urgence, Marnie avait déniché un petit cottage à louer dans le Yorkshire, à la lisière du Parc national. Elle l'avait choisi car il lui rappelait l'un de ses livres favoris quand elle était petite. Sa situation isolée s'accordait parfaitement à son moral en berne, qu'elle faisait de son mieux pour cacher à sa sœur.

— Je suis contente de pouvoir t'aider, pour une fois, dit Pansy lorsqu'elles furent arrivées au cottage.

Elle posa devant elle une tasse de thé brûlant, comme si Marnie était en convalescence. Au fond, c'était un peu cela. Ne parlait-on pas de « mal d'amour » ? Marnie en présentait tous les symptômes. Elle ne mangeait plus. Ne dormait plus. Pensait sans cesse à l'homme qui lui avait brisé le cœur sans espoir qu'il guérisse un jour. Sa sœur lui tendit un paquet de biscuits au chocolat, mais Marnie secoua la tête.

— Non merci.

— Tu devrais manger quelque chose. Tu n'as pas l'air dans ton assiette, la sermonna Pansy.

— Contrairement à toi.

Marnie observa sa sœur. Elle rayonnait. Les sequins et les hauts trop moulants avaient cédé la place à un style plus sobre. Elle s'était également fait couper ses cheveux, qui effleuraient maintenant ses épaules en un élégant carré plongeant au lieu de lui dégringoler jusqu'aux fesses en mode hippie.

— Pourquoi ne m'as-tu pas demandé de te couper les cheveux ? lança Marnie.

— Tu étais trop occupée à sillonner l'Europe en jet privé, répondit Pansy.

La poitrine de Marnie se serra. Elle se hâta changer de sujet.

— Quoi qu'il en soit, continue comme ça. Ça te réussit. Tu es splendide !

Pansy sourit, d'un sourire doux et serein qui illumina son visage. Marnie ne l'avait jamais vue ainsi. Soudain, cela fit tilt dans son esprit. Comment ne l'avait-elle pas compris plus tôt ?

— Pansy… Es-tu amoureuse ?

Le sourire de sa sœur s'élargit.

— Oui. Je vois Walker depuis quelque temps.

— L'avocat qui t'a défendue ?

— Qui d'autre ?

Une bouffée d'appréhension envahit Marnie.

— Pansy ! Est-ce légal, au moins ?

Sa sœur roula des yeux.

— Évidemment ! Ça arrive tout le temps, que des avocats tombent amoureux de leurs clients. Enfin, il vaut mieux attendre après le procès, bien sûr. D'ailleurs, Walker est bien trop ambitieux pour prendre ce genre de risque.

— Et ça ne le dérange pas que…

— Que notre mère ait fait le trottoir et que je sois passée par la case prison ?

Pansy poussa un soupir.

— C'est sûr, ce n'est pas le CV idéal pour une future femme d'avocat. Mais Walker dit que c'est ce vécu qui a fait de moi la femme que je suis et celle qu'il aime. C'est ça la vie, apprendre de ses erreurs et de celles des autres. N'a-t-on pas tous droit à une seconde chance ?

— Peut-être, murmura Marnie.

Ses yeux s'embuèrent. Si elle n'y prenait garde, elle allait fondre en larmes devant sa sœur.

— Tu devrais y aller, ajouta-t-elle. Je suis sûre que tu es impatiente de le retrouver.

— Marnie…

— Non, s'il te plaît. J'en ai assez entendu.

— Mais tu ignores ce que j'allais dire…

— Oh ! je le sais. Nous sommes jumelles, Pan. Je lis quasiment dans tes pensées. Ça risque d'arriver de moins en moins souvent maintenant que tu es avec Walker. Et c'est normal. Je suis très heureuse pour toi, assura Marnie. Vraiment. C'est une merveilleuse histoire d'amour. Mais je n'ai pas envie de parler de Leo, tu comprends ? Ça fait trop mal.

Elle battit des cils, la gorge serrée. C'était la première fois qu'elle se montrait aussi vulnérable devant sa petite sœur.

Pansy se mordit la lèvre, comme si elle aussi luttait pour ne pas pleurer.

— Je comprends, acquiesça-t-elle en la serrant dans ses bras.

Marnie lui rendit son étreinte. Il y avait des années qu'elles n'avaient plus eu un geste d'affection aussi fort entre sœurs.

— Appelle-moi, d'accord ?

— Promis, dit Marnie.

Mais, sitôt sa sœur partie, le masque tomba. Elle se laissa choir dans un fauteuil, enfouit le visage entre ses mains et éclata en sanglots. Elle pleura toutes les larmes de son corps, jusqu'à l'épuisement. La crise passée, elle se sentait vidée, mais étrangement purifiée. Plus légère, d'une certaine façon. Même si le poids sur sa poitrine n'avait pas disparu.

Les jours suivants, Marnie s'efforça de relativiser sa situation. N'était-ce pas ce à quoi elle s'était préparée depuis le début ? Comme Pansy l'avait souligné, son histoire avec Leo était vouée à mal se finir. Pas question pour autant de la laisser affecter négativement sa vie. Il lui suffisait de garder en tête les bons moments et se rappeler ce qu'elle avait appris : elle était capable d'aimer. Comment regretter une expérience qui lui avait apporté une telle richesse ? Ce n'était pas comme si elle avait envisagé un avenir sérieux avec Leo. Elle finirait par s'en remettre. Partout dans le monde, des milliers de gens subissaient des chagrins d'amour, se ressaisissaient et tournaient la page. S'ils pouvaient le faire, alors elle aussi.

Leo avait bien réussi, lui. Il n'avait pas essayé de la contacter une seule fois depuis qu'elle avait claqué la porte de son appartement de Kensington. Et tant mieux. Lui parler aurait été un supplice. Ou le revoir et faire comme si son cœur n'était pas en train de saigner. Elle avait beau se persuader que ses sentiments pour lui appartenaient au passé, ce n'était pas si simple. L'amour ne disparaissait pas du jour au lendemain.

Tous les jours, elle enfilait des bottes en caoutchouc, une veste imperméable et un chapeau à larges bords, et partait à l'assaut des landes environnantes. Plus elle s'éloignait du cottage, plus son pas s'allongeait. Elle s'était même acheté une carte afin d'élargir son exploration. La région était si belle, sauvage et primitive avec ses rochers, ses cascades et ses oiseaux de proie formant des cercles dans le ciel. Contre toute attente, cette contrée isolée lui plaisait.

Un après-midi, son cœur s'emballa à la vue d'une silhouette à l'horizon alors qu'elle rentrait au cottage. Un homme de haute stature en train d'observer le paysage à l'aide de jumelles réfléchissant le soleil hivernal. Il ressemblait tant à Leo que les larmes lui montèrent aux yeux. Un cri d'oiseau capta brièvement son attention. Lorsqu'elle tourna de nouveau la tête, l'homme avait disparu. C'est officiel, *tu perds la boule*, se dit-elle, avant de se rassurer. N'était-ce pas un phénomène banal d'imaginer voir quelqu'un quand on était obsédé par cette personne, comme elle l'était par Leo Kanonidou ?

Elle poussa la porte du cottage, fatiguée par sa randonnée. Mais c'était de la bonne fatigue. Marcher dans la nature était tellement plus vivifiant qu'aller à la salle de gym ! Elle étudia son reflet dans le miroir de l'entrée. Elle avait retrouvé un peu de couleurs, elle qui affichait un teint cireux depuis son départ de Londres. Peut-être devrait-elle démissionner de son poste pour de bon ? S'installer ici, dans le Yorkshire. Trouver des soutiens afin d'ouvrir son propre salon. C'était agréable de faire des projets. L'avenir paraissait un peu moins morne.

La nuit commençait déjà à tomber. Marnie n'avait pas grand-chose à faire au cottage pour se changer les idées, à part lire. Pourquoi diable avait-elle affirmé au propriétaire que cela lui était égal de ne pas avoir Internet ? Avec un soupir, elle s'approcha de la bibliothèque. Elle hésitait sur le livre à choisir quand une lumière de phares illumina soudain l'allée, accompagnée d'un bruit de moteur. Le véhicule se gara devant le cottage.

Marnie fut prise de vertige. Alors elle n'avait pas rêvé.

Bien sûr que cet homme ressemblant à Leo au milieu des landes du Yorkshire ne pouvait pas être un mirage ! *Personne* ne ressemblait à Leo. Il était là. Dieu seul sait comment, il avait remonté sa trace jusqu'ici. De l'autre côté de la porte se tenait le seul homme pour lequel son cœur battait.

Et Marnie n'était pas sûre d'être prête à l'affronter.

Le revoir ne risquait-il pas de rouvrir une blessure encore mal cicatrisée ?

Le coup ferme à la porte confirma son identité autant que la puissante voiture qu'il conduisait. Il avait frappé de la même façon à la porte de sa chambre, au Paradeisos, quand elle déprimait après lui avoir donné sa virginité, dépitée qu'il ne soit pas l'homme qu'il avait prétendu être. Mais elle n'était plus la même Marnie, aujourd'hui. Il l'avait fait souffrir, mais n'avait-elle pas toujours été forte ? Assez pour supporter de lui faire face ?

Oh ! il s'attendait sans doute à ce qu'elle se fasse désirer. À ce qu'elle reste sur la défensive tout en se réjouissant secrètement qu'il ait fait tout ce chemin pour la voir. Oui, il s'imaginerait qu'elle rêvait qu'il l'embrasse même si elle lui demandait de partir. Peut-être planifiait-il de la reconquérir devant ce stupide feu de cheminée, qu'elle avait allumé tant bien que mal en s'y reprenant à plusieurs fois. Eh bien, qu'il aille au diable !

Elle ouvrit la porte et le dévisagea d'un œil torve. Mon Dieu, ce qu'il était sexy avec son air négligé et ses cheveux au vent ! Surtout, ne pas fléchir !

— Pour qui te prends-tu ? Heathcliff ?

— Non, je ne suis pas venu voir un fantôme, repartit-il avec un sourire en coin.

— Tu as lu *Les Hauts de Hurlevent* ?

— Ça t'étonne ? Parce que je suis grec ou parce que je suis un homme ?

Marnie sentit ses genoux se dérober. Pourquoi se laissait-elle distraire ? Elle se mettait en danger ! Elle qui avait cru pouvoir compter sur sa résilience habituelle… Soudain, elle n'en était plus si sûre.

— Que fais-tu ici, Leo ?

— Tu le sais bien, non ?

— Je te l'ai déjà dit. Je suis coiffeuse, pas devin.

— Tu ne me fais pas entrer ?

Elle hésita, consciente que la bataille était perdue d'avance. Elle n'allait pas le chasser sans écouter ce qu'il avait à dire, ils le savaient tous les deux. Mais qu'il ne s'attende pas à ce qu'elle prenne son manteau ou lui propose un verre ! Pourquoi était-il là ? Avait-il eu vent qu'un journaliste l'avait contactée la semaine précédente ? On lui avait proposé de contribuer à un article-portrait sur l'énigmatique milliardaire moyennant un cachet généreux. Leo la croyait-il capable de tomber aussi bas ?

— Eh bien ? le pressa-t-elle sèchement lorsqu'il fut entré.

Leo hocha la tête, peu surpris par cet accueil glacial. Il ne répondit pas tout de suite, cherchant ses mots avec soin car ceux-ci étaient les plus importants qu'il aurait jamais à prononcer. Marnie était blessée et toujours en colère, cela sautait aux yeux. Difficile de l'en blâmer. La réconciliation qu'il espérait était tout sauf garantie. Peut-être refuserait-elle de lui pardonner. Et s'il était trop tard ? Si la vie qu'il menait, confortable mais stérile, ne lui manquait pas ? La peur lui comprima la poitrine. Comment avait-il pu être aussi insensible ? Il s'était comporté en véritable brute !

— J'ai beaucoup réfléchi à ce que tu m'as dit, déclara-t-il.

— Tant mieux. Espérons que ça nous serve de leçon.

— Marnie…

Leo ravala sa frustration. Que croyait-il ? Qu'elle lui faciliterait la tâche ? Qu'elle lirait dans son cœur, détecterait les regrets qui le rongeaient et lui pardonnerait sur-le-champ ? Elle avait raison, elle n'était pas devin. Il n'avait aucun droit d'attendre d'elle qu'elle fasse tout le travail. S'il voulait la récupérer, museler ses émotions n'était plus une option. Il devait exprimer haut et fort ce qu'il ressentait.

— Ce que tu m'as dit…

— J'ai dit beaucoup de choses, Leo.

— C'est vrai. Mais une m'a frappé en particulier.

Marnie fronça les sourcils.

— À propos de ma mère ?

— Non, pas du tout, répliqua-t-il. On ne choisit pas ses parents. Personne ne devrait être jugé sur ses origines.

Il passa une main nerveuse dans ses cheveux.

— Je parlais de ce que tu as dit à propos de ne pas être assez bien…

La jeune femme baissa les yeux, l'air gêné.

— Oh ! ça.

— C'est la chose la plus insensée que j'ai jamais entendue, Marnie. Tu as protégé ta sœur durant toute votre enfance. Tu t'es battue pour te bâtir une carrière. Les épreuves et les préjugés que tu as subis en auraient brisé plus d'un, mais pas toi. Non seulement tu n'as jamais rien attendu de moi, comme la plupart des gens qui m'approchent, mais tu m'as aussi réconcilié avec mes émotions. Tu m'as appris que j'étais capable de ressentir des choses… Des choses que j'avais toujours fuies jusque-là. Crois-moi, tu vaux mieux que toutes les personnes que je connais réunies.

— Merci, dit-elle avec raideur.

— J'ai compris autre chose, continua-t-il. Peut-être n'est-ce pas un hasard si je ne t'ai jamais donné l'occasion de me parler de ta mère. Combien de fois aurais-je pu t'interroger à ce sujet ? Mais ta réticence à évoquer le passé me rassurait. C'était une forme de protection contre une intimité que j'avais passé ma vie à éviter. Tu comprends, maintenant ? J'ai volontairement fermé les yeux sur ton silence.

Elle haussa les épaules, la tête toujours baissée.

— Je vois.

— Tu m'as tellement manqué. J'ai une question à te poser…

Il déglutit, la gorge sèche.

— Peux-tu me pardonner ? Je t'aime, Marnie. Je t'aime comme je ne me serais jamais cru capable d'aimer. Ma vie n'a aucun sens sans toi.

Elle soutint son regard, alors, mais en secouant la tête.

— Je crains que ça ne suffise pas, Leo. Le lien de confiance est rompu.

— Alors réparons-le.

— Et si je ne le souhaite pas ?

Le cœur de Leo cognait à tout rompre.

— Pourquoi ?

— Parce que…

Il vit une boule monter et descendre dans sa gorge.

— Parce que je n'ai plus envie de souffrir, asséna-t-elle avec franchise. Réapprendre à vivre sans toi n'a pas été facile. Je commence tout juste à trouver mes marques. Si on se remettait ensemble, et qu'on rompait de nouveau, je ne le supporterais pas.

Elle inspira profondément et le regarda droit dans les yeux.

— Je suis forte, conclut-elle. Mais pas à ce point.

Leo brûlait de la serrer dans ses bras. De l'embrasser et la réconforter. Mais l'éclair dans ses yeux gris l'en dissuada.

— Et si je te disais que je veux t'épouser ? ajouta-t-il. Que je veux passer le reste de ma vie avec toi ? J'ai vendu deux divisions de ma société, ce qui nous laisse libre de nous installer où bon nous semble. À Thessalonique, si ça te dit ?

— Tu as vendu une partie de ta société ? s'exclama la jeune femme, les yeux ronds.

Il haussa les épaules.

— Oui. J'ai simplifié ma vie pour te faire de la place. C'est ce qui m'a tenu occupé ces derniers temps. Tu n'as pas vu les gros titres ? Ça a fait le tour du web.

— Je n'ai pas Internet ici. Et même si c'était le cas, tu crois que je me serais amusée à faire des recherches sur toi ?

Le cœur de Leo battait à cent à l'heure. Autant se rendre à l'évidence : Marnie attendait le grand jeu. Une déclaration d'amour si puissante qu'elle ne douterait plus jamais de ce qu'il ressentait pour elle. Elle ne se croyait pas assez forte pour retenter une relation avec lui. Mais elle l'était. À lui de l'en convaincre.

— Je t'aime et t'admire plus que quiconque, Marnie, dit-il avec sincérité. Personne ne t'arrive à la cheville. J'aime ton côté fier, ton caractère bien trempé et ta capacité à me faire rire. J'aime ouvrir les yeux le matin et te trouver à mes côtés. Quand je me réveille en pleine nuit, c'est un bonheur de te sentir contre moi. Parfois, il m'arrive de t'imaginer…

Sa voix se fêla.

— De t'imaginer avec un bébé à ton sein. *Notre* bébé. Un enfant que nous aimerons et protégerons de tout notre cœur. Avec qui nous serons toujours honnêtes. Terminé, les secrets entre nous. Qu'en penses-tu, *agape mou* ? Veux-tu construire cet avenir-là avec moi ?

Marnie battit des cils, bouleversée par l'émotion de Leo. Elle contempla ses traits qu'elle avait trouvés si durs la première fois qu'elle l'avait vu. Mais Leo, comme elle, s'était façonné un masque qu'il arborait en public, destiné à cacher les blessures et tenir les autres à l'écart. Peut-être était-ce cela qui les avait rapprochés. Ils étaient partis du mauvais pied, la première fois. Mais Leo avait raison : qu'est-ce qui les empêchait de retenter leur chance ? C'était cela, la vie. Changer, apprendre de ses erreurs, garder espoir…

Aimer.

L'amour était plus fort que tout. Et eux aussi y avaient droit.

— Oui, murmura-t-elle. Je veux bâtir cet avenir avec toi. Je t'aime, Leo. Je t'ai aimé au premier regard.

— Alors tu acceptes de m'épouser ? Le plus tôt possible ? ajouta-t-il avec empressement.

Elle sourit.

— C'est d'accord. Tu veux bien me prendre dans tes bras, maintenant ? Qu'attends-tu pour m'embrasser ?

Il l'enlaça aussitôt, et elle se blottit contre lui, enveloppée par sa chaleur et sa force protectrice. Enfin, ils étaient de nouveau réunis ! Un bonheur indicible irradiait tout son être. Du pouce, il essuya le sillon de larmes sur sa joue, puis approcha lentement ses lèvres des siennes, comme dans un film au ralenti. Mais l'attente en valait la peine.

Oh ! que oui !

À lui seul, ce baiser guérit leur passé et scella leur futur, tout en leur rappelant combien le présent était merveilleux. Un baiser éclipsant tous leurs meilleurs moments. Le plus beau baiser de leur vie.

Épilogue

Marnie déposait le dernier dinosaure en chocolat sur son gâteau quand un mouvement derrière la fenêtre lui fit lever les yeux. Leo s'avançait vers la maison, avec la mer miroitant dans son dos. En T-shirt noir et jean coupé aux genoux, il était à tomber – comme toujours. Il se mit à courir pour ne pas se laisser distancer par deux petits garçons couverts de sable. Leurs fils jumeaux, qui fêtaient leurs quatre ans le lendemain. Sa gorge se noua. Quelle joie ils leur apportaient au quotidien ! L'émotion ne manquait jamais de la submerger quand elle pensait à eux.

Tous les jours, elle remerciait le ciel de la vie qu'elle menait. Avec Leo, ils avaient connu leur lot d'épreuves. Conçus tôt dans leur mariage, Theo et Atlas étaient nés prématurément à sept mois et demi de grossesse. Ils étaient si minuscules à leur naissance ! Marnie leur rendait visite chaque jour au service de néonatalogie. Leo aussi, bien sûr. Jamais elle ne l'avait vu ainsi, pâle comme un linge, le regard hanté par la peur de les perdre.

Mais les petits garçons avaient tenu le coup. Aujourd'hui, ils étaient en excellente santé, aussi robustes et pleins de vie que leurs amis ; cinq d'entre eux les rejoindraient le lendemain pour un joyeux pique-nique d'anniversaire sur la plage. Pansy et Walker seraient également de la partie. Ils arrivaient de Londres dans la soirée avec leur fille Briony, une adorable petite terreur. Walker était devenu l'un des avocats les plus réputés du pays, tandis que Pansy prenait très au sérieux son rôle de visiteuse de prison. Elle donnait même des conférences, de plus en plus populaires, sur l'expérience des femmes en milieu carcéral. Personne ne connaissait mieux qu'elle l'intérieur d'une cellule, répétait-elle souvent à qui voulait l'entendre.

Marnie poussa un soupir. Qui aurait cru que le destin ferait un virage à cent quatre-vingts degrés et accorderait le bonheur aux deux sœurs Porter ?

— Qu'est-ce qui peut bien te faire soupirer ainsi ?

Marnie frissonna de plaisir au son de la voix de Leo. Elle se retourna. Son teint hâlé faisait ressortir le bleu de ses yeux. Ses cheveux noirs, qu'il portait désormais un peu plus longs, le rendaient terriblement sexy. C'était elle qui les coupait, bien sûr. Beaucoup de leurs amis lui demandaient la même faveur, mais Marnie avait mis un terme définitif à sa carrière de coiffeuse. D'autres priorités s'étaient imposées à elle. Être mère l'épanouissait pleinement, avec l'aide de leur précieuse nourrice, Christina. Elle siégeait également au conseil d'administration d'un foyer pour enfants. Soutenue par la fondation philanthropique de la société de Leo, elle espérait faire une réelle différence dans la vie de ses jeunes pensionnaires. La semaine suivante, ils accueillaient justement une petite orpheline de quelques mois, pour qui la nursery à l'étage avait été spécialement redécorée dans un camaïeu de rose. Du moins était-ce ce qui était prévu…

— Je soupirais de contentement, assura-t-elle alors qu'il glissait un bras autour de sa taille.

— Vraiment ? insista Leo en traçant de l'index le pli sur son front.

— Où sont les garçons ?

— Christina les a envoyés à la salle de bains se débarrasser du sable dans leurs vêtements. Ils ont décidé de dessiner des cartes de bienvenue pour leur nouvelle petite sœur.

Marnie sourit.

— Han, c'est adorable !

— Et ensuite, de jouer aux échecs. À leur façon.

Une grimace chassa son sourire.

— J'espère qu'ils ne vont pas encore se chamailler…

— Ça les occupe. Pendant ce temps, je peux rejoindre ma sublime femme, admirer le délicieux gâteau d'anniversaire qu'elle a préparé et lui demander pourquoi elle a l'air si soucieuse.

Décidément, rien ne lui échappait. Elle caressa son menton rugueux, savourant le moment. Elle avait tant prié pour qu'il arrive ! Les médecins avaient beau leur avoir donné le feu vert pour avoir un autre enfant, leurs tentatives jusque-là s'étaient révélées infructueuses. Marnie se disait que ce n'était pas grave. Leurs jumeaux les comblaient déjà tellement, et une jolie petite sœur viendrait bientôt agrandir la famille. Mais aujourd'hui…

— Leo, je suis enceinte, annonça-t-elle dans un souffle.

Un kaléidoscope d'émotions se succéda sur le visage de l'homme qu'elle aimait. Joie, appréhension, espoir… Leo avait appris mieux que personne à ne plus refouler ce qu'il ressentait.

— J'attends ton enfant, répéta-t-elle au cas où il n'aurait pas absorbé la nouvelle. Es-tu heureux ?

Leo la serra dans ses bras, trop ému pour parler. Leurs deux cœurs battaient la chamade l'un contre l'autre. Une profonde gratitude l'envahit. Jamais il n'aurait cru un tel bonheur possible. Avec sa femme aimante et leurs petits garçons, ils formaient une famille merveilleuse. Rien ne pouvait surpasser cela, croyait-il. Mais il se trompait.

Il se trompait sur toute la ligne avant de rencontrer Marnie.

— Si je suis heureux ? répéta-t-il. *Agape*, je suis sur un nuage ! Il n'y a pas de mots pour exprimer ce que je ressens.

— Mais on va avoir deux bébés à la maison ! Quatre enfants en tout ! Je…

Leo la bâillonna d'un tendre baiser.

— Tout ira bien, promit-il. On s'en est sortis avec les garçons, non ? Ce sera pareil avec la petite Athena et ce nouveau bébé. On a assez d'amour à revendre pour tout une colonie, tu ne crois pas ?

Elle acquiesça et sourit à travers ses larmes. Des larmes de joie, bien sûr. Oh ! il savait déjà comment célébrer la nouvelle. Tout à l'heure, il l'emmènerait dans leur chambre, où il rendrait hommage à son corps en lui faisant l'amour. Il serait aux petits soins pour elle durant cette grossesse. Elle n'aurait rien d'autre à faire que se reposer, les doigts de pied en éventail. En attendant, il n'y avait qu'une seule chose qu'elle avait besoin d'entendre.

— Je t'aime, Marnie. *Se agapo*, pour le restant de mes jours et au-delà.

Leur baiser passionné se serait prolongé des heures sans l'accusation furieuse qui leur parvint de l'étage :

— Atlas, tu triches !

Retrouvez prochainement,
dans votre collection

AZUR

Pacte scandaleux avec un Grec, de Caitlin Crews - N°4444
Molly le sait : Constantine Skalas lui voue une haine farouche depuis l'époque où, adolescents, ils vivaient sous le même toit bien malgré eux. Aussi est-elle choquée par la proposition scandaleuse qu'il lui fait aujourd'hui. Il sauvera sa mère de la faillite, si elle accepte en retour de devenir sa maîtresse ! Acculée, Molly finit par céder aux exigences de Constantine, avec la troublante impression de pactiser avec le diable…

L'épouse du roi disparu, de Maisey Yates - N°4445
Huit ans plus tôt, Agnès a juré allégeance à Lazarus. Sauvée d'une mort certaine par cet homme mystérieux et puissant, elle l'a suivi dans la forêt des Ombres, au cœur du royaume de Liri. Devenue son garde du corps, elle ne le quitte plus, tout en nourrissant en secret d'intenses sentiments pour lui. Mais, aujourd'hui que Lazarus s'apprête à revendiquer le trône de son pays auprès de son propre frère qui le détient, ce n'est pas d'une guerrière qu'il a besoin à ses côtés, mais plutôt d'une fiancée qui l'aidera dans cette quête. Or c'est ce rôle qu'à la grande stupeur d'Agnès il exige de la voir endosser…

La protection de ses bras, de Michelle Smart - N°4446
Cinq ans plus tôt, Elsa s'est invitée dans le lit de Santiago Rodriguez dont elle était follement amoureuse. Or il l'a aussitôt rejetée, lui brisant le cœur par la même occasion. Alors qu'elle espérait ne plus jamais revoir l'homme qui lui a causé cette cuisante humiliation, Elsa découvre que Santiago a été chargé d'assurer sa protection durant un voyage de Vienne à Valence. Un voyage sous le signe de la tentation, tant le désir qu'elle éprouve pour lui est resté vif !

Mariée à Julian Santigo, de Nina Singh - N°4447
Lorsque Julian Santigo offre à Cassie un emploi dans sa luxueuse résidence hôtelière située à Majorque, elle peut difficilement refuser. Elle est seule, sans emploi… et enceinte ! Mais, quand il la demande en mariage, elle ne sait plus que penser. Certes, il ne s'agirait que d'une union de convenance qui permettrait à Cassie de donner à son enfant un foyer, mais peut-elle accepter de s'unir à un homme qui ne l'aimera jamais ?

L'héritier de l'orage, de Jennie Lucas - N°4448

Un violent orage frappe les Hamptons, mais il faudrait bien davantage que des éclairs pour décourager Honora, venue frapper à la porte de Nico Ferraro ce soir-là. Le milliardaire italien, avec lequel elle a passé une nuit six mois plus tôt, doit savoir qu'elle attend un enfant de lui ! Hélas, leurs retrouvailles ne se passent pas du tout comme elle l'imaginait. Frappé d'amnésie, Nico a tout oublié de leur liaison. Pire encore, il exige maintenant que Honora l'épouse, dans l'intérêt de son héritier…

Princesse pour un an, de Cara Colter - N°4449

De retour dans sa ville natale, Maddie mène une vie plutôt morose. Jusqu'à sa rencontre avec un bel étranger qui fait aussitôt battre son cœur très vite. À force de promenades dans les criques secrètes des environs, tous deux apprennent à se connaître et se rapprochent. Et c'est avec stupeur que Maddie découvre bientôt qu'elle est tombée amoureuse… d'un prince ! Mais sa surprise grandit encore quand Edward Alexander de Havenhurst lui révèle qu'il doit se marier et qu'elle serait pour lui l'épouse idéale – mais pour une année seulement !

Amoureuse d'un mystérieux patron, d'Ally Blake - N°4450

Regard intense, cheveux noirs et barbe de trois jours. L'homme sexy qu'Evie croise chaque jour dans le train la fascine. Qui est cet apollon ? Et où va-t-il ? Alors qu'elle pense à lui sans arrêt, Evie découvre avec stupeur que son bel inconnu n'est autre que son nouveau patron ! Dès lors, elle doit veiller à garder secrets les sentiments qu'il lui inspire, bien malgré elle. Armand Debussey lui est interdit, même si son cœur lui crie le contraire…

Liaison torride à New York, de Melanie Milburne - N°4451

SÉRIE : *OBJECTIF PASSION* - 3/3

Une nuit torride à New York ? Voilà une perspective très tentante pour Zoey. D'autant que le don Juan qui cherche à l'attirer dans son lit n'est autre que Finn O'Connell, l'homme le plus sexy qu'elle ait jamais rencontré. Seulement, pour que cette possible aventure reste sous contrôle, Zoey doit se montrer prudente. En effet, jamais elle ne devra oublier que Finn est un homme impitoyable, prêt à tout pour obtenir ce qu'il veut – et son plus grand rival en affaires…

L'amant de Hawaï, de Cathy Williams - N°4452

SÉRIE : *LE MYSTÈRE DES STOWE* - 1/3

Odieux. Max Stowe, le nouveau patron de Mia, est insupportable d'arrogance – mais aussi incroyablement sexy. Pas question pour elle de céder à l'attirance qui la pousse vers lui. En effet, cet homme n'est que de passage à Hawaï, pour retrouver sa sœur mystérieusement disparue, et se lier à lui serait une terrible erreur. Pourtant, dans le cadre paradisiaque qui les réunit, Mia succombe au désir pour quelques nuits interdites…

Étreinte scandaleuse, de Dani Collins - N°4453

SÉRIE : *LES SŒURS DU SECRET* - 2/2

Traquée par une horde de paparazzis qui la confondent avec le célèbre mannequin Oriel Cuvier, Nina trouve refuge chez son ex-amant. Grossière erreur ! Si Reve Weston accepte de lui prêter secours face aux tabloïds, c'est à la seule condition qu'elle s'installe avec lui, dans son luxueux *penthouse* new-yorkais. Là, tous deux devraient pouvoir se mettre à l'abri du scandale. À moins que leurs retrouvailles passionnées ne l'attisent davantage encore…

Le secret d'une nuit de passion, de Lynne Graham - N°4454

Une nuit, une seule, au cours de laquelle elle a cédé à l'attirance irrésistible qu'elle éprouvait pour un inconnu… et la voilà enceinte ! Sous le choc, Grace ignore comment réagir. Cacher à Leo sa paternité ne serait pas juste, elle en a bien conscience. Mais, malgré l'alchimie parfaite qui a opéré entre eux ce soir-là, Grace le connaît à peine. Ce dont elle est sûre, en revanche, c'est qu'un tel imprévu risque de fortement contrarier l'avenir tout tracé de ce séduisant homme d'affaires. Car aujourd'hui Leo Zikos est fiancé à une belle héritière censée lui assurer un avenir professionnel florissant…